QUILOMBO DO LIMA

QUILOMBO DO LIMA

ORGANIZAÇÃO:

JULIO LUDEMIR

FLUP
A FESTA LITERÁRIA DAS PERIFERIAS

malê

EDITORA MALÊ

DIREÇÃO
Francisco Jorge e Vagner Amaro

ORGANIZADOR E IDEALIZADOR
Julio Ludemir
Dani Salles

EDIÇÃO
Francisco Jorge

REVISÃO
Meira Santos

PROJETO GRÁFICO, DIAGRAMAÇÃO E CAPA
Marcio Oliveira [Graphix Design]

ILUSTRAÇÃO DE CAPA
Projeto Negro Muro

ARTE DO MURAL ILUSTRAÇÃO DA CAPA
Cazé

FOTOS E RECONSTRUÇÃO GRÁFICA DO MURAL
Hugo Lourenço

PESQUISA ILUSTRAÇÃO DA CAPA
Pedro Rajão

PRODUÇÃO DO PROCESSO FORMATIVO
Dudu Maneh

ORIENTADORES (**QUILOMBO DO LIMA**)
Angélica Ferrarez, Beatriz Resende,
Fernanda Felisberto, Fred Coelho,
Henrique Rodrigues, Maurício Barros de Castro,
Rôssi Alves, Vagner Amaro

DIREÇÃO DE PRODUÇÃO
Andrea Borges

DIREÇÃO EXECUTIVA
Renata Leite

ASSISTENTE ADMINISTRATIVO
Erica Félix

RELAÇÕES INSTITUCIONAIS
Joanna Savaglia

PROJETO CULTURAL (PROPONENTES)
Ilana Strozenberg e Teresa Guilhon Barros
O Instituto/ Suave

AGRADECIMENTOS
Samuel Marques dos Santos
Ricardo Lodi Ribeiro

Texto revisado segundo o novo Acordo Ortográfico da Língua Portuguesa.

Dados Internacionais de Catalogação na Publicação (CIP)
(Câmara Brasileira do Livro, SP, Brasil)

Quilombo do Lima / organização Julio Ludemir. --
Rio de Janeiro, RJ : Malê Edições, 2023.

Vários autores.
ISBN 978-85-92736-76-7

1. Barreto, Lima, 1881-1922 2. Contos
brasileiros - Coletâneas I. Ludemir, Julio.

23-151704 CDD-B869.308

Índices para catálogo sistemático:

1. Contos : Antologia : Literatura brasileira
B869.308

Tábata Alves da Silva - Bibliotecária - CRB-8/9253

EDITORA MALÊ
Rua Acre, 83/ 202 - Centro. Rio de Janeiro – RJ CEP: 200.81-000
www.editoramale.com.br / contato@editoramale.com.br

Sumário

Prefácio
VILA QUILOMBO

> *"Antes do ato da escrita, antes do bloco amarelo ou da folha em branco, vêm os princípios que informam a ideia de escrever."*
>
> Toni Morrison

> *"Ah! A Literatura ou me mata ou me dá o que eu peço dela."*
>
> Lima Barreto

Chega em boa hora o novo livro da Festa Literária das Periferias – a Flup, cujos processos formativos são um dos principais renovadores da cena de escritoras e escritores do Rio de Janeiro e de outras cidades brasileiras. Construído a partir da vida-obra de Lima Barreto, Quilombo do Lima tem a importância de trazer o escritor como um conceito a partir do qual muitas vozes se colocam no campo literário, pulverizando-o de possibilidades. Para além das dinâmicas do reconhecimento e da representatividade, a obra de Lima articulada como conceito tem a grandeza de, enquanto obra aberta, produzir brechas possíveis nos muros coloniais.

"Temo muito pôr em papel impresso a minha literatura", anotou Lima no seu Diário Íntimo em janeiro de 1905, aos vinte e três anos. Lida assim, de forma isolada, a frase talvez sugira um projeto estético ainda em elaboração ("minha literatura"), quem sabe receoso de sua presença e apreciação públicas. O escritor ainda não havia se aventurado de forma explícita na República das Letras; seria dali a dois anos, com a revista coletiva Floreal, e, um pouco mais adiante, em 1909, com o livro de estreia Recordações do escrivão Isaías Caminha.

A leitura completa da anotação, no entanto, demonstra que o temor apontado resvala não em uma possível insegurança do escritor quanto à sua capacidade criativa, e sim na futura recepção a uma literatura perpassada pelo desejo de dar corpo e língua ao amor que lhe movimenta. Qual amor seria esse? A gente negra, a sua gente. Em torno do amor, Lima projetou a criação de uma obra-prima – "uma espécie de Germinal Negro", um romance moderno com "sopro de epopeia", afirma – que lhe daria a glória, quem sabe até uma fama europeia. Com ela prestaria um grande serviço à fatia do povo da qual fazia parte, à sua raça, ainda que viesse acompanhada de algumas doses de aborrecimento, amargura e perseguição. A confiança no projeto estético afia o sonho: "se eu conseguir ler esta nota, daqui a vinte anos, satisfeito, terei orgulho de viver!" (Diário Íntimo).

Observar os caminhos de escrita de Lima Barreto – assim como tê-los como ponto de partida – é estar diante de um projeto estético ciente das respostas que elabora para as questões e tensões da sociedade do seu tempo. Importante frisar a expressão "seu tempo", pois é uma afirmação perigosa dizer que alguém, uma obra ou um pensamento está "à frente" do momento no qual vive. Ninguém está à frente ou atrás do tempo presente. O lance é que, como filosofou certa vez Dona Nise da Silveira, "há dez mil modos de pertencer a uma época". Daí a questão ser justamente outra: tais obras, tais escritos, tais autorias, respondem à dinâmica do seu momento e, ainda assim, permanecem plenas de vitalidade? Ou simplesmente envelhecem, passando a interessar somente aos historiadores, arquivistas e bibliotecários, afoitos em deixar o passado devidamente organizado?

Lima tinha plena consciência da sua contemporaneidade e nela militou como voz coletiva e insurgente. Isso porque é de uma perspectiva de quilombo que o escritor elaborou sua escrita e leitura de mundo – quilombo aqui como território afetivo de acolhimento e vivência, sim, mas também de constante vigília ao que se colocar à borda, pois os inimigos estão logo ali, do outro lado da cerca, na espreita por uma brecha. As querelas em torno da revista Klaxon e do futurismo teriam outra chave de leitura, caso a crítica especializada estivesse atenta ao aquilombamento elaborado pelo escritor em sua obra. Numa fotografia encontrada em sua biblioteca consta a expressão "O Quilombo!" como codinome do lar no qual habitava; em outros escritos, sua casa era chamada de "Vila Quilombo", uma forma de contrastar e incomodar, segundo o autor, a branquitude da Zona Sul da cidade.

Assim, os estigmas e estereótipos a respeito de sua vida-obra, bem como o silêncio de décadas, quase séculos, precisam ser cotejados com algo inegável (em 1922 e, sobretudo, hoje): trata-se de uma escrita que 1) compreende a sua dimensão política, 2) sua enunciação coletiva, racializada, minoritária e 3) que promove uma desterritorialização da língua ao deslocar a linguagem oficial para o idioma do cotidiano, próximo à embocadura da sua gente.

Elaborar uma escrita literária sintonizada aos três eixos acima é colocar-se na condição de inimigo das estruturas hegemônicas (seja em 1900, seja em 2023, sempre brancas, racistas e colonialistas). Assim, o orgulho de viver, tanto quanto a satisfação da releitura do Diário sonhado, não se tornou uma realidade em vida. Morto aos 41 anos, dois anos antes do ciclo de vinte anotado no caderno, Lima Barreto não teve tempo de ver materializado Clara dos Anjos por exemplo, livro que, caso não seja considerado aquele Germinal Negro, no mínimo precisa ser qualificado como obra de uma vida: o morador de Todos os Santos a ele dedicou toda a sua existência (data de 1904 os primeiros registros, segundo o Diário), tecendo e retecendo o manuscrito; sem, contudo, vê-lo publicado de forma íntegra.

A maturidade crítico-criativa de Lima fez-lhe cedo compreender a glória e o orgulho de viver como questões nada fáceis para uma trajetória não disposta a deitar para as estruturas dominantes. "Não tenho editor, não tenho jornais, não tenho nada", escreve em 1914, e na sequência resigna-se: "já prescindo da glória, mas não queria morrer sem uma viagem à Europa...". Esse grau consciência se deve, primeiro, aos efeitos da máquina de morte denominada racismo, sinônimo do capital independente da sua faceta – liberal, progressista, de direita... –, sempre relegando à subalternidade os corpos racializados e periféricos: "fui a bordo ver a esquadra partir. Multidão. Contato pleno com meninas aristocráticas. Na prancha, ao embarcar, a ninguém pediam convite; mas a mim pediram. Aborreci-me. (...) É triste não ser branco" (Diário Íntimo).

Tamanha compreensão dos efeitos do racismo, acompanhada da certeza de que o reconhecimento artístico em vida não viria, foram determinantes para o segundo grau de maturidade crítico-criativa de Lima, o de consciência de sua condição clínica, uma consequência direta do primeiro: "De mim para mim, tenho certeza que não sou louco, mas devido ao álcool, misturado com toda a espécie de apreensões que as dificuldades de minha vida material há 6 anos me assoberbam, de quando em quando dou sinais de loucura: deliro" (Diário do Hospício).

A percepção aguda desses dois pontos de maturidade molda o fazer literário de Lima, cujos procedimentos de escrita buscam criar caminhos para os afetos imprescindíveis na construção ou invenção de uma comunidade na qual, ainda que por um instante, seja possível forjar novas consciências e sensibilidades. Para pensar apenas no campo da racialidade, obras como Triste Fim de Policarpo Quaresma, Recordações do escrivão Isaías Caminha e Clara dos Anjos tensionam a ideia de nacional e de mestiçagem a partir das tensões atravessadas pelas populações negras e indígenas, na qual suas subjetividades e formas de compreensão do mundo são colocadas também como contribuições importantes para a construção da sociedade brasileira não por subtração ou homogeneidade, mas pela diferença. É o compromisso ético com sua gente que faz da sua obra vital e necessária.

Certa vez uma escritora contemporânea, numa conversa informal sobre Lima Barreto, disse ter faltado uma Carolina em seu caminho. Referia-se à companheira de Machado de Assis, mulher branca, europeia, conhecida pelo papel importante que teve na vida dele. A provocação interessante (e ao que parece não desprovida de lastro) sugere como crucial, no caso machadiano, a aliança com a branquitude para o seu reconhecimento em vida.

Independente dessa ausência, o fato é que Lima Barreto, apesar da classe média ser parte importante no seu projeto literário ("Na classe média. Não posso sair dela. Tinha mesmo vontade de sair, mas não me é possível", afirma o autor numa entrevista) colocava-se de modo antagônico aos pactos com a branquitude. Sua subjetividade de homem racializado, do subúrbio, bem como a perspectiva de aquilombamento como casa e substância estética, coloca sua escrita em descompasso com as forças hegemônicas do seu tempo. Se por um lado garante uma literatura que não faz concessão com o poder, por outro não elimina o sabor amargo da pouca compreensão, da ausência de reconhecimento e a constatação da impossibilidade das estruturas se modificarem no seu tempo. É formidável, contudo, perceber que, apesar das tristezas, em nada a sua obra é disciplinada pelo medo. A percepção aguda das coisas não diminui aquele compromisso ético com o mundo ao qual se propõe desenhar e revestir de vitalidade.

Quilombo do Lima traz dezenas de novas vozes que, a partir das setas lançadas por Lima Barreto há mais de cento e vinte anos, organizam outras formas de apreensão do mundo, concatenadas ao campo de expressão do contemporâneo, às possibilidades éticas que o presente estético-político impõe a quem se aventura a escrever no Brasil do século XXI. Aqui, a vida-obra do autor é revisitada não por mera homenagem, mas porque estabelece possibilidades infinitas de conversas. Este livro é uma rede afetiva que atesta a um só tempo tanto a modernidade dos seus escritos, quanto a necessidade dessa força vital na nutrição dos nossos dias.

Nisso é importante ressaltar aqui o papel de cada pessoa orientadora dos cerca de oito "times" de escritores – para usar uma expressão da própria equipe Flup. Cada um deles, a seu modo, são núcleos de arqueiros cujo alvo são pessoas leitoras de peito aberto às novas maneiras de imaginar mundos a partir dos escritos de Lima.

Moisés Nascimento

Educador, Gestor e Produtor Cultural. Doutor em Letras pela UFRJ, cria de Serra Dourada (ES), atualmente é Analista de Literatura do Sesc RJ

26

Vila
Quilombo

ALANA FRANCISCA

Flor que nasce na rua, mãe do Francisco, que a ensinou a gostar do sol. Aprecia melhor o mar quando em terra, de onde observa atenta a quebra das ondas, o voo e o mergulho dos pássaros. Sente-se em casa quando se senta no chão, estrangeira na norma padrão, com a qual lida diariamente através da literatura e do cotidiano da profissão. Professora que não sabe tudo, adulta que não tem todas as respostas. Gauche e legião. Em des/reconstrução.

O homem que não estava para rede

Texto inspirado no conto "Fraude eleitoral"

Orientação: Angélica Ferrarez

> *Honra ao Senhor com teus bens e com as primícias de todos os teus rendimentos.*
>
> Provérbios 3:9

Raimundo é um pacato homem religioso que pouco usa o celular e pouco profere o nome de seu Deus. Diz ele que é para não gastar as vistas com besteiras e não desgastar a formosura e a valorosidade do nome que é o mais santo de todos. É temente ao Senhor e, por isso, não usa em vão o nome do seu deus nem dos deuses das outras religiões. Sabe respeitar a sua fé e a fé alheia, o que é visto como marca de mediocridade pelos varões da igreja onde congrega e por Ednaldo, seu amigo, conterrâneo e pastor.

Ednaldo, assim como Raimundo, veio do Ceará para o Rio ainda adolescente, na década de 1980, para trabalhar na construção civil. Sempre foi mais audacioso que Raimundo. Nenhuma garota conseguia resistir às suas investidas. Nunca aceitava um "não" como resposta. Já Raimundo... Quando moço, era dado a ouvir Fagner e a suspirar por quem nunca poderia ter. Foi nessa época, inclusive, que aprendeu a tocar violão. É talentoso, mas não faz parte do Ministério de Louvor da igreja. Apesar disso, é o único músico que se disponibiliza a apoiar as pouco frequentadas reuniões de consagração – momento litúrgico matinal organizado e curiosamente frequentado apenas por mulheres. Cumprindo em sua vida religiosa o que reza o ditado "para quem tem pouca ambição, qualquer esmola serve", também cabe ao irmão Raimundo recolher a tímida oferta daquelas varoas de fé cujos cabelos balançam consoante o vaivém do ventilador da abafada saleta de oração.

Engana-se, no entanto, quem pensa que a igreja do pastor Ednaldo é miserável. Tem até ar-condicionado... E para ofertar, os fiéis dos cultos noturnos podem até escolher entre as funções crédito e débito. Daqui a pouco nem vão precisar mais passar a sacolinha, pois a maioria dos irmãos já aderiu ao Pix. Pastor Ed, sábio como é, já percebeu que a igreja precisa ter a cara de seu tempo. Caso contrário, será esmagada como a serpente, fadada a rastejar e a comer o pó da estrada eternamente: "As coisas velhas ficam para trás e tudo precisa se fazer novo". "Você precisa fazer escolhas o tempo inteiro, por isso, lembre-se: não escolher é pe-ca-do. Ou você é cabeça ou é cauda; ou você dá ou você desce, sem direito a elevador. Cabe só a você, amado, amada, escolher viver a glória do pavão ou a maldição da serpente". Daí a liberação do uso do celular no templo. Vai que algum irmão sente no coração o desejo de abençoar a igreja antes ou depois do ofertório... Vai que a irmã abençoada com o dom da formosura não queira mais carregar um livro que parece um tijolo, quando pode ter no pequeno e portátil aparelho as sagradas escrituras para ler onde quiser...

Em tempos tão tecnológicos, onde o irmão que não pode ir ao culto tem a possibilidade de acompanhá-lo em tempo real através de redes sociais, existe ainda o irmão Raimundo. Ele não usa o WhatsApp nem acessa as páginas da igreja no Facebook e no Instagram. Tudo bem que ele não costuma faltar aos cultos, mas sua preguiça com a cibercomunicação passou a ser um problema, já que seu pastor e seus irmãos na fé não podem contar com ele para lutar contra a terrível e perigosa besta nordestina de nove dedos, que se levanta contra todas as igrejas evangélicas brasileiras para a implantação do apocalíptico e vermelho Império da Besta. O irmão desconectado percebe tudo mudar ao seu redor em uma velocidade que o espanta. Seu evangélico caminhar – o extremo da cauda de um organismo eclesiástico que já cogita a possibilidade de expeli-lo, afinal "aquele que não está conosco, está contra nós" – precisa se curvar imediatamente à marcha da maioria, que precisa conhecer melhor aquele contra quem declara guerra na vida e nas redes sociais.

Até as crianças pequenas conhecem os conteúdos alarmantes que circulam no grupo de WhatsApp da igreja, onde os séquitos de Nine já dão mostras do quão terrível será o seu projeto de destruição do país, a começar pelas igrejas. Será que elas entendem aquilo que assistem ou estão só reproduzindo os comentários dos adultos acerca dos mesmos vídeos? Raimundo pode até não ser ambicioso, mas é bom em observar e ponderar as coisas. Percebe-se que a idade não influi muito na questão do entendimento daquilo que se ouve e vê. Digo isso porque a irmã Ciça é a varoa mais antiga da congregação. Completou 93 primaveras neste ano, não entende praticamente nada dos vídeos que assiste e compartilha o dia inteiro com cristãos e gentios: "O importante, meu filho, é derrotar o diabo! Se até eu, com artrose, lombalgia, bexiga arriada e diverticulite estou na peleja, por que você, que é moço, forte e varão de guerra, ainda não desembainhou a espada?"

As palavras da anciã Ciça movimentam os pensamentos e as convicções pau-pedra de Raimundo, que instala, um a um, em pleno sol de inverno, todos os aplicativos que possam lhe dar um panorama de quem é e como age o inimigo do seu povo. Mas algo inesperado acontece: a cada nova movimentação em seu Android, algo novo o afeta. Raimundo já não é mais o mesmo, embora os seus ainda não percebam o novo homem debaixo da feia e inglória carcaça. Se aproximam as eleições para Conselheiro Financeiro de sua igreja e, pela primeira vez, surge a faísca da vontade de se candidatar. Como Ednaldo lidará com o fato de ter alguém além de seu sogro idoso e com alzheimer a disputar tal cargo?

Pronto: agora todos estavam preparados para guerrear, inclusive Raimundo, cada vez mais crítico do material que assiste sem compartilhar por duvidar da veracidade da enxurrada de absurdos que recebe o tempo inteiro. Por saber que a dúvida é inimiga da fé, guarda para si os questionamentos que são seus e somente seus. Não quer contaminar os outros com a sua lepra espiritual. É um novo homem, sem dúvidas, um homem transformado pela pequena máquina que não para de se movimentar. Deixou de ser um homem que se espanta e, involuntariamente, tem se tornado o homem que maquina.

Nesse ínterim, o Pastor Ednaldo recebe com revolta a candidatura de Raimundo ao cargo ocupado há tantos anos pelo sogro, um bondoso e matuto homem que, graças a Deus, nunca lhe atrapalhou em nada, nunca leu nenhum documento e sempre assinou tudo com caneta Bic azul da cor do céu em noite de verão. Bem que tenta dissuadir Raimundo da empreitada, em uma conversa *fake*-amigável, onde lembra com saudade dos tempos do pau-de-arara. Mas o amigo que muda com a velocidade da sua internet não muda de opinião. Lembra da canção "Revelação", do trovista de Orós que o acompanhara na juventude, pega o violão e revela para si mesmo o que o homem morto e amordaçado dentro de si durante tanto tempo precisa lhe falar. Enquanto morto e viva engrenagem se saúdam e se escutam, Ednaldo fala para si mesmo verdades sobre amizade, lealdade e outros valores bonitos que não combinam com sua maneira de conquistar poder e de lutar por qualquer causa, por mais nobre que ela seja.

O dia do pleito presidencial se aproxima. O da igreja também. O representante da Igreja triunfará sobre a encarnação do mal? Raimundo conheceu a ignorância, o caos e o silêncio. Já viveu como um ser que serpenteia, agora vive como um homem que observa, elabora e projeta. A máquina não para. Era um zero à esquerda, agora é temido por seu pastor, o cabeça da igreja. Seria ele também uma espécie de besta nordestina? Ele e Nine seriam bestas porque escutam seus mortos em vez de sufocá-los? Quem é a besta de quem?

Raimundo tem muitas dúvidas e poucas certezas. Quer entender melhor como se aperfeiçoar no ofício existencial de ser besta, de ser engrenagem, de tirar a mordaça de seus mortos e de quantos mortos quiserem palco e palanque

ALAN MIRANDA

É escritor, compositor e jornalista. Atuou como repórter no portal de notícias do Observatório de Favelas, onde publicou uma matéria sobre direitos da juventude, utilizada no vestibular da UFJF de 2013, e publicou uma reportagem sobre camelôs de trem, na revista *Piauí*. Participou da coletânea de contos da Flup de 2020, em homenagem a Marcelo Yuka. Atualmente trabalha na criação de roteiros para séries fictícias e documentais.

Carioquinha

Texto inspirado no conto "O moleque"

Orientação: Angélica Ferrarez

A metralhadora que o menino trazia junto ao peito piscou sua luzinha pela penúltima vez naquela noite. A luzinha era vermelha como a que piscava sobre o teto das viaturas paradas em frente à porta de sua casa. A mãe pediu que entregasse o brinquedo para guardar com o resto da mudança, mas ele o apertou com força contra o peito, fazendo piscar – dessa vez, sem querer – a luzinha vermelha. Também os policiais tinham metralhadoras, eram pretas e não acendiam nenhuma luz. Um deles se aproxima do menino e lhe pede que chame pelo pai, que peça para ele abrir a porta. A criança atende o pedido, mas o pai não abre. O policial repete o gesto e ordena que o homem abra a porta, avisa que é da polícia. O barulho das batidas na porta de alumínio, os gritos, as sirenes vermelhas... são as últimas imagens que reteve daquela noite. Depois disso, veio o sono e quando acordou, seu mundo era outro.

Um caminhão os levou até São Paulo, a nova cidade onde iriam morar. Uma cicatriz o acompanhava pelo calcanhar, a primeira das marcas que duram para o resto da vida. Um chinelo ficou pelo caminho, justamente o pé onde guardava a tal cicatriz. A mãe não conseguiu encontrar o chinelo, mas alguém lhe deu colo. Era sua tia. Depois de se situar um pouco, de entender que estava longe de casa, que aquelas pessoas que os esperavam eram da família, veio a vontade de procurar a caixa com seus brinquedos. Deu falta da metralhadora. A mãe também não soube dizer onde estava, podia ter se perdido no caminho.

– Em mudança, às vezes acontece de perder alguma coisa, é assim mesmo – ela disse.

O pequeno realmente não se lembrava onde tinha guardado ou se tinha guardado antes de adormecer, apesar de que agora seu principal incômodo era estar com um dos pés descalços. No dia seguinte, havia um novo par de chinelos para seus pés e por sua cabeça corria uma leve sensação, talvez angústia, de que as mudanças aconteciam sempre durante seu sono.

Viveria por dois anos na casa dos tios Zeca, que era irmão de sua mãe Lucinda, e Lia, sua esposa. Ali também morava Tucha, uma cachorra de olhos grandes e pelos negros, com quem o menino logo quis fazer amizade. Não era uma cachorra mansa, de aceitar qualquer carinho, a qualquer hora. Tampouco era brava, de ficar mostrando os dentes e ninguém chegar perto. Era uma cadela adulta já formada em seu temperamento. A princípio, Tucha aceitou os afagos do menino. Só algum tempo depois viria a mordida, só algum tempo depois a criança começaria a entender alguns dos sinais que revelam a natureza dos cães.

A maior parte do tempo passava na companhia de seus brinquedos, da cadela Tucha e de tia Lia. A companhia da mãe e do tio, no entanto, era menos frequente. Um dia, antes de dormirem abraçados na cama de solteiro que dividiam, a mãe explicou que estava trabalhando na cidade, que era distante dali e por isso demorava a chegar, mas que estava juntando um dinheirinho pra eles arrumarem o próprio canto. E ainda que sem muito entendimento da vida, o filho passou a sentir naquelas ausências um pouco menos de aflição, um pouco mais de esperança. Às vezes via a mãe saindo bem cedinho e nem sempre estava acordado quando ela chegava. Durante as tardes, quando os adultos permitiam, assistia na tela o colorido mundo dos desenhos. Mas, se a tela trazia o cinza dos canais de notícia, preferia estar com seus brinquedos, que eram todo seu prazer, como o único objeto trazido de casa.

Conforme crescia, o rosto da mãe se esboçava no seu, os olhos de amêndoa, as bochechas salientes, a cor marrom. A personalidade terna e insubmissa punha para fora as primeiras pétalas. Parecia-se muito com a mãe, mas também dividia semelhanças com tio Zeca, tanto que na rua, quando o tio o levava, geralmente para algum bar, e às vezes lhe comprava um salgadinho chamado "pele" ou uma Coca-Cola, muitos perguntavam ao "Carioca" se aquele era seu "filho perdido" e apelidavam-no de "Carioquinha".

A criança pouco sabia do que era ser carioca, senão aqueles mínimos sinais que recebia dos que ali viviam, "os paulistas". Como na vez em que esteve na inauguração de um bar e pôde jogar totó a noite toda porque as fichas eram de graça, mas as outras crianças o corrigiam e zoavam dizendo que o certo era pebolim. Ou quando outro amigo do tio lá vinha remendar a ladainha:

– Tu não é sete-um igual teu tio não né, Carioquinha? É porque carioca é tudo malandro!

Depois riam de uma graça que ele não podia compreender.

Era um menino amável, já sabia não se meter em conversa de adulto, embora ocasionalmente manifestasse espinhos em certas falas. Quando o comentário se repetiu pela terceira vez, ele tomou a palavra e disse, atravessando as risadas:

– Meu nome é Inácio. Ele é meu tio. Meu pai mora no Rio de Janeiro.

Ouvindo isso, os homens riam ainda mais, alguns saudavam Carioquinha pela firmeza, o tio mandava parar a conversa fiada e pedia mais cerveja, mais Coca-Cola. Desse modo, Inácio ficava sabendo que em São Paulo nasciam paulistas e no Rio, cariocas. Ainda sem entender muito bem o que era ser carioca, ia gostando de ser um menino do Rio e, assim mesmo, sem muito entender, gostando de ser o "Carioquinha".

A vida era relativamente boa na casa dos tios. Só não tinha ainda se acostumado ao frio e às chuvas de São Paulo. A mãe notou que agora parecia um pouco mais reservado que antes, mas preferiu acreditar que era apenas uma fase de adaptação às mudanças. Inácio tinha cinco anos quando desceu do caminhão naquele lugar distante e muito do que lhe acontecia, acontecia pela primeira vez: a primeira vez que andou de bicicleta, a primeira vez que se queimou, a primeira vez que teve dor de ouvido e a primeira vez que provou as dores da morte de um ente querido. Tia Lia foi quem deu a notícia quando o buscou na escola. Tio Zeca estava em casa cuidando do enterro. Tinha morrido atropelada a cadela Tucha naquela manhã, há dois quarteirões da rua onde vivia. O sentimento de nunca mais fez doer seu coração menino, os olhos ardiam e as lágrimas de Inácio vieram ao chão, deixando marcado aquele caminho de volta para casa.

Curioso e amigo do raciocínio, superou brevemente a fase dos porquês, pois sabia acrescentar inteligentes deduções às respostas que conseguia. Raramente causava problemas ou fazia alguma coisa para que o repreendessem com chineladas. Apenas uma indisciplina era reincidente em seu comportamento: respondia os mais velhos. Não era ato regular, fazia apenas quando se julgava injustiçado. No dia em que morreu a cadela Tucha, sua amiga, o menino apontou os olhos para tio Zeca e o questionou:

– Por que você não me esperou?

Os tios estranharam que dissesse "você" em vez de "o senhor" como de costume, e ensaiavam a justificativa, que logo foi interrompida:

– Vocês deviam ter me esperado – disse Inácio, antes de ir para o quarto consumir o seu pesar.

Meses após a morte de Tucha, chegava ao fim a estadia naquela casa, por conta de um desentendimento entre a mãe e o tio, do qual ele estava parcialmente envolvido. Desde então, tio Zeca perdeu de vez a simpatia que o menino nutria por ele. No início, o tio era bom, botava na cacunda, levava pela rua, dava biscoito, mostrava o bairro. Depois de um tempo, dava esporro, botava de castigo, arrastava o menino para escola a passos maiores que suas pernas, chegava bêbado, brigava e falava alto. Chegou inclusive a lhe bater de cinto um dia em que, por engano, o menino confirmou a presença do tio a um amigo que vinha lhe cobrar um serviço, quando a ordem era dizer que não estava. Até mesmo tia Lia já tinha provado na pele a mesma cinta. Inácio ouviu do quarto certa noite, ainda acordado depois da novela.

Quando Lucinda viu os braços e pernas marcados do garoto, seu semblante escureceu. Quando soube o motivo da surra, partiu imediatamente para tirar satisfação com o irmão. Pouco valeram os bons momentos com tio Zeca quando veio a derradeira briga que fez com que o homem pusesse a irmã e o sobrinho para fora de sua casa. A discussão seguiu o curso dos ressentimentos. Um cheiro de cachaça envolvia os berros de tio Zeca. Muitos nomes feios foram ditos, houve empurrões e desaforos. O menino absorvia a cena com olhos e ouvidos em riste e uma expressão entre atento e atônito no rosto. No meio daquele conflito, uma frase se destacou, azedou tudo e valeu mais que todas as outras injúrias proferidas para incutir o rancor no sentimento da criança. A frase que alterou todos os ânimos, levou sua mãe ao estado de cólera, e culminou naquela briga entre irmãos: "Por isso que teu marido te abandonou." Inácio quase nada sabia do fim do relacionamento dos pais, de modo que seria natural que a sentença lhe causasse muitas interrogações, e causavam. Mas sentia maledicência naquelas palavras e isso lhe chegava primeiro à consciência. Sua mãe não era uma mulher abandonada, era uma mulher corajosa, que não se deixava intimidar diante de ninguém, mesmo de um homem grande como tio Zeca. Foi o que ele viu naquela noite. Tia Lia insistiu, mas ele apoiou a decisão da mãe de não esperar o prazo do dia seguinte. Já tinham seu canto. Enquanto partia, Inácio botou os tios na balança de seu coração e tio Zeca não pesou.

A vida se fez difícil. As primeiras moradias eram pouco mais que um abrigo do relento. A mãe aceitava e solicitava todo tipo de assistência aos poucos conhecidos que tinha: empréstimos, favores, cestas básicas. E trabalhava! O menino era seu parceiro na empreitada da sobrevivência: se faltava luz, ele ia na venda comprar as velas no fiado; se faltava água, ajudava a encher os baldes na vila ao lado; se faltava o dinheiro do aluguel, avisava a mãe quando podia sair de casa sem esbarrar com o dono. Assim viviam, suprindo as necessidades sempre no limiar da falta. Eram, enfim, sós contra o mundo, experimentando juntos as circunstâncias da escassez.

Passaram um ano de dificuldades, mas conseguiram enfim se mudar para uma quitinete pouco melhor que as residências anteriores, sobretudo porque ficava a um lance de escadas, e não corriam mais o risco de ter a casa invadida por uma enchente, como já tinha acontecido, estragando a pouca mobília que possuíam. Agora a água só penetrava por algumas goteiras, facilmente remediadas com panelas.

Não tinham conforto, mas tinham um ao outro. Cada vez mais tornavam-se amigos, cúmplices na medida em que partilhavam as dores e as esperanças. Lucinda trabalhava todos os dias e Inácio buscava auxiliar no que podia, deixando a casa em ordem e aprendendo a se virar quando era obrigado a ficar só. Mesmo com as dificuldades, o menino trazia uma nova satisfação no brilho dos olhos porque agora convivia com a mãe. Só agora descobria dela a pinta atrás da nuca, o medo de cachorros, o talho do parto na barriga, o desejo de ter um filho parecido com ela. Agora pareciam desfrutar mais fundo, mais íntimo o amor entre mãe e filho.

Numa noite fria como o outono paulista, uma nuvem que os acompanhava desde o Rio de Janeiro finalmente baixou. Estavam prontos para dormir, já com os corpos se esquentando abraçados, quando, em vez de pedir a "bença", Inácio indagou:

– Mãe, por que você se separou do meu pai?

A mãe não ficou admirada com a pergunta. Voltou-se para ele, mirando seus olhos atentos, e respondeu, sem rodeios:

– Porque infelizmente seu pai não soube ser meu amigo, meu parceiro. Era um homem violento, ainda mais quando tava por conta da cachaça... eu tinha medo dele, que ele fizesse alguma coisa... quando a gente tem medo, é porque não tem mais amor.

E após uma pausa, com voz mais doce:

– Um dia mamãe vai te explicar melhor, mas agora o que eu posso te dizer é isso, que a gente não era mais amigo.

– Mãe, eu sou seu parceiro. Sou seu amigo – disse o menino, como se fizesse uma promessa.

– Você é a melhor coisa que já aconteceu na minha vida.

Aos poucos, aquela pequena família ia se ajeitando na vida, ainda que a cada pequeno avanço, novos desafios surgissem às pressas. As mudanças não paravam de acontecer e pela força das circunstâncias, o menino estava prestes a conhecer o trabalho.

A primeira vez que esteve no centro da cidade fazia tempo, não se lembra o motivo da viagem, apenas o quanto o trajeto foi desagradável. Seu jovem pulmão ainda era fraco para o cheiro das máquinas e a movimentação de tudo lhe dava náuseas. As viagens de ônibus eram difíceis, a mãe ia distribuindo papéis em prédios e estabelecimentos, comprando diversos utensílios em centros comerciais. Inácio sempre ficava enjoado, até que a mãe passou a andar com saco plástico na bolsa para ele não ter de vomitar pela janela ou no chão do veículo. Ainda assim, queria sempre acompanhá-la, e o aumento da frequência das viagens diminuiu as crises de enjoo.

Agora, aos oito anos de idade, andando de ônibus, de metrô ou a pé, via como a cidade era grande, como eram diversas e muitas as pessoas e as coisas que via pela rua. Notava as crianças. Crianças de rua, crianças comprando, crianças vendendo, crianças pedindo. Quantos prédios! Quanta fumaça! Quantos fios de eletricidade! Era tanta gente atravessando a rua junto que chegava a ser engraçado, tantos adultos sincronizados, parecia até uma brincadeira. Dos transportes sempre desciam muitas pessoas no mesmo ponto, na mesma estação. Ele já reparava em uma ou mais pessoas que repetiam o mesmo caminho, faziam a baldeação no mesmo ponto e desciam na mesma estação, e se perguntava como é que pessoas vindas de tão longe tinham o mesmo destino. Achava isso engraçado.

Uma das coisas que mais o impressionou foi cruzar a passarela sobre o Rio Tietê.

As crianças da escola diziam que um jacaré gigante dormia no fundo do Rio Tietê, mas ninguém nunca tinha visto. Quando Inácio viu o rio com os próprios olhos, pôde enfim imaginar melhor o quão gigantesco seria o jacaré que dormia ali. Nunca tinha visto nada parecido. Um valão tão grande, tão fedorento e ainda assim tão bonito. O Rio Tietê era para ele como o centro da cidade de São Paulo, um misto de assombro e encanto.

As imagens da rua penetravam seu imaginário, fazendo notar suas repetições: as pequenas e incontáveis barraquinhas vendendo roupas, brinquedos, comida, tudo, fosse o dia cinza ou não. A rodoviária sempre cheia de gente, as pessoas dormindo em pedaços de papelão na calçada, pessoas pedindo comida, dinheiro, cigarro. Imaginou como seria sua vida se vivesse na rua, se não tivesse onde tomar banho, o que jantar, se não tivesse nem cobertor para vencer o frio. Por que São Paulo era tão frio? Imaginou que, se um dia se perdesse de sua mãe na cidade, não saberia como voltar para casa e quando a sensação de pavor atravessou da mente para o corpo, ele apertou os olhos e a mão que lhe conduzia pela cidade, recuou daquela pessimista imaginação e prometeu para si que nunca se perderia de sua mãe na cidade.

Às vezes, era necessário interromper certas imaginações para que não chegasse a ficar triste, para que não chegasse a pensar que a vida corria à sua volta, como se ele fosse apenas um passageiro num imenso ônibus-mundo, sem fixar as paisagens, sem decorar os caminhos, sem saber nenhuma rua em que o motorista faz curva. Um mundo que lhe dava poucas oportunidades de fazer escolhas.

Numa das ruas desses novos percursos de sua vida, conheceu a barraquinha de camelô em que trabalhava sua mãe Lucinda. Era feita de barras de alumínio que se encaixavam, coberta por uma lona de plástico amarela e ficava um pouco antes do estacionamento do supermercado, onde os pedestres passavam para chegar à estação de metrô da Penha e todos eram assediados pelos comerciantes e seus produtos.

As barraquinhas de camelôs eram uma espécie de estabelecimento muito especial naquele lado da cidade. Havia por toda a calçada muitas outras barracas de variados tamanhos e cores. Vendiam-se roupas, panelas, pastéis, relógios, remédios, tênis, perfumes, CDs, anéis, frutas, cosméticos, brinquedos, temperos e mais. Diferentemente das lojas, ali os vendedores não eram uniformizados e comportados, nem aguardavam aproximação do comprador sob os balcões, mas saltavam, buzinavam, atazanavam todo povo que seguia naquele rumo. Pois mesmo aqueles que seguiam sem querer comprar tinham que ser persuadidos. Era numa dessas barraquinhas de camelô que a mãe fazia o sustento. Depois de um tempo vendendo como ambulante, ora em ônibus ora em centros, calçadas e praças, agora ela tinha uma barraquinha. Vendia pequenos artigos eletrônicos, como máquina de cortar cabelo, pilhas, antenas, cabos e fones de ouvido.

Todo tipo de gente e idade fazia a vida naquelas barraquinhas. Velhos, jovens, homens e mulheres distintos na aparência, no jeito de falar e vender, mas todos conservando entre si um jeito de camaradagem, um companheirismo familiar. Tanto que muitas vezes havia desavença entre eles, mas também o entendimento e o perdão. Ali o menino conheceu mais nomes de pessoas nascidas em outros lugares do Brasil: cearenses, mineiros, alagoanos, paranaenses, piauienses, peruanos, chineses e mais. Alguns só eram conhecidos por esses nomes ou apelidos. Querendo também marcar sua identidade, Inácio contou a eles que era nascido no Rio de Janeiro, e que podiam chamá-lo de Carioquinha.

Não demorou para o menino, por vontade própria, assumir o encargo de ajudar nas vendas. Aprendeu a montar a barraca como se fosse lúdico, decorou os preços como se fosse música. Observando os outros vendedores, aprendeu também a chamar freguês e chegava a ficar eufórico quando conseguia uma venda. Em poucas semanas, dominava o ofício, tornava-se um deles, era enfim um pequeno camelô.

O colégio atual era perto do ponto onde a mãe trabalhava. Estudava de manhã e assim que terminava a aula, ia a pé, cheio de ânimo, até a barraquinha. Chegava a esperar pelos dias em que algum feriado ou coisa parecida o dispensava da obrigação escolar. Não que ficasse aborrecido em aprender, ao contrário, gostava, mas gostava ainda mais de chegar cedo no ponto e ver a rua antes de tudo ser montado. Porque a rua era muito diferente nos três momentos do dia. Inácio gostava de conhecer seu antes e depois e desfrutar aquela particular alegria de saber mais que as pessoas que só conheciam o seu durante.

Rapidamente habituou-se. Conhecia já quase todos os traquejos da profissão, inclusive que em dias incertos subitamente o expediente podia acabar mais cedo. Os dias em que apareciam os homens da GCM para fazer o "rapa" nas mercadorias, a parte mais perigosa do trabalho e claro, a mais emocionante. Para ser dono de barraca ali, precisava de autorização do governo, mas o governo quase não autorizava. Todos os camelôs temiam a Guarda

Civil Metropolitana, e muitos a odiavam, pois quase todos lembravam de uma história de perigo, de confronto e humilhação vivida com aqueles homens. O Robinho que vendia gelado não tinha o dente da frente porque uma vez apanhou de cassetete de muitos guardas tentando impedir que levassem seu isopor, ainda por cima ficou "fichado" por "resistir à prisão". O Samir, que tinha curso de informática, só continuava trabalhando na barraquinha de roupa da Denise porque no dia que vieram avisar que ele foi aprovado na entrevista de emprego, a Guarda tinha levado ele preso. No dia seguinte foi solto, mas não conseguiu mais a vaga porque não queriam contratar alguém "fichado". Até dona Carmem, umas das mais antigas e respeitadas ali, que diziam que brigava com o governo pelo direito dos camelôs, até mesmo ela já tinha sofrido um perrengue terrível com a GCM. Tinha um filho da mesma idade de Inácio. Mas Inácio nunca pôde conhecê-lo porque quinze dias depois de parir a criança, dona Carmem se perdeu dos colegas quando fugia do rapa. Ainda não conseguia correr, estava de resguardo. Os guardas a encontraram numa esquina, bateram nela, quebraram o nariz e a deixaram no chão. Por isso ela nunca levou o filho nas barraquinhas de camelô.

A GCM era o bicho-papão dos camelôs. Inácio já tinha visto muitos guardas pela rua, sabia inclusive que eram guardas e não policiais, já que a roupa era diferente e eles não pareciam ter pistola ou metralhadora, apenas um cassetete bem grande. "A polícia corre atrás de bandido, a Guarda corre atrás de trabalhador", aprendeu ele. Quando testemunhou uma operação pela primeira vez, pôde compreender e compartilhar a tensão que todos sentiam. Em função disso, alguns camelôs geralmente ficavam circulando o quarteirão para tentar avisar quando alguma patrulha aparecesse e todos pudessem desmontar as barracas e guardar as mercadorias antes deles chegarem.

Certo dia, Inácio foi o primeiro a ver os homens fardados se aproximando (tinha ido buscar uma quentinha para dividir com a mãe), correu com a sacola na mão e conseguiu avisar a todos, que recolheram suas barracas. Ficou orgulhoso de si porque era como se tivesse feito algo heroico, como bater "salve todos" na brincadeira de pique-esconde.

Lucinda também sentia orgulho de seu filho e parceiro. Mas todos os dias se questionava se era certo aquele modo de viver com o menino, se era justo que naquela idade já conhecesse o trabalho. Mas o que fazer? Tê-lo sob os cuidados de sua vista parecia a melhor ou a única opção que tinha. Numa das vezes em que sua cunhada Lia os visitou, levou a oferta da avó materna da criança de cuidar dele durante um tempo, no Rio. Lucinda não quis. Temia o quanto este auxílio poderia custar a eles ou, como costumava dizer, temia "que o barato saísse caro". Além disso, era gostoso ter mais o filho consigo. Não saberia viver longe dele sem garantias de que sua vida seria melhor distante dela. Nem podia ainda pensar em voltar para o Rio.

Tia Lia amava o pequeno Inácio e tinha aflição por vê-lo tão íntimo do trabalho com aquelas mãozinhas tão novas. Foi então pedir à mãe que o deixasse ir com ela na próxima viagem ao Rio de Janeiro, para o menino para visitar os avós, ver a família, brincar com os primos, ter férias. Lucinda estava disposta a permitir, embora o menino a princípio relutasse. Já despertara o instinto protetor sobre a mãe. Ela acabou por convencê-lo, indicando que muitos primos estariam na casa da avó durante as férias. Fazia mesmo um tempão que não os via. Já o embrião da saudade começava a atiçar seu interior, e ele acabou por ceder a este outro apelo do coração.

Teria sido um sonho, mas nem com toda força de seu imaginário teria criado dias tão incríveis quanto os que passou com os primos na casa dos avós em sua cidade, o Rio de Janeiro. Toda sua árvore genealógica vivia no Rio e todos o amaram com a alegria de uma festa. A diversão e o carinho experimentados eram dignos de se comparar com todos os dias já vividos até então. Contudo, de todas as coisas gostosas que comeu, de todas as coisas divertidas que brincou, nada se guardaria mais forte em suas lembranças que o laço de amizade com primo Cosme, o Cosminho.

Primo Cosminho tinha quinze anos e morava com a mãe no Morro do Vidigal. Foi com o primo que Inácio aprendeu os fundamentos da infância: empinar pipa, rodar pião na mão, jogar bolinha de gude, pegar jacaré na praia e até mesmo fazer uma atiradeira com cano de PVC e bexiga de festa, que por ali era chamada de Bob Teco. Que alegria foi aquele polícia e ladrão! Que gostosas as batidas aceleradas do coração na hora de virar num beco e dar de cara com o grupo rival! Até o medo de tomar um teco de milho enquanto carregava munição foi divertido. Inácio nunca viu tanta criança brincando junto. Que dia bom de se guardar no coração!

Quando soube que primo Cosminho já tinha trabalhado um tempo como camelô antes de arrumar uma vaga numa barraca na praia de Ipanema, sentiu como que orgulho de si, de estar ao lado de sua mãe no mesmo trabalho. Contou um pouco da vida em São Paulo até então, que ele e a mãe eram camelôs no centro da cidade e que não falavam mais com tio Zeca. Cosminho aprontou um riso largo:

– Porra, minha tia Lucinda é foda mermo. Mas oh, se eu tivesse lá o bagulho ia ficar doido pro lado do tio, hein? Ia dale umas porradas pra ele se ligar na responsa dele. Como é que bota a irmã pra fora de casa assim? É família, rapá! Tá maluco?

Empolgado e comovido pela lembrança, pela saudade da tia Lucinda, Cosminho continuou:

– Aí, nem era pra eu te falar essas paradas, mas tu tá crescendo, vai ser o homem da casa. Uma vez, eu tava lá onde tu morava com minha tia Lucinda, tu era de colo, eu tava brincando com um carrinho teu e quebrei sem querer, teu pai quando viu, veio me embrulhando no esporro, disse que eu quebrava tudo, que eu era cupim de aço e largou três chineladas na minha bunda com aquele chinelão de couro que doía pra caralho. Quando tua mãe foi me defender eles começaram a discutir, aí ele segurou ela pelo pescoço assim, tipo que enforcando, tá ligado? E eu pra ele: para tio, para, tentando puxar ele, que devia tá mamado, sei lá, menor. Só sei que minha mãe chegou na hora, primo, te juro. Foi a sorte. No que ela abriu a porta e viu o caô, já largou um socão na nuca que ele ficou tonteado, hã, mão da minha mãe é pesadona, tá? Brinca! Depois pegou ele assim pela blusa e falou que ia matar ele se metesse a mão nela de novo. Deu maior merda, mas depois acho que geral se entendeu. Até que minha tia se separou, né?

Inácio ouvia o primo, compenetrado. Não estava surpreso, a não ser por se dar conta nesse momento de que antes de ser sua mãe, Lucinda já era tia de Cosminho. O primo falava assim com ele, francamente. Depois soltava sua gargalhada radiante e passava uma rasteira de letra, tentando fazer Inácio retornar ao estado de criança. E por mais que primo Cosminho fosse incrivelmente amigável com ele, por mais brincadeiras e golpes de capoeira lhe ensinasse, por mais que fosse a única pessoa mais velha que o tratava como um igual, foi esse elogio folgado, esse jeito de dizer "minha tia Lucinda", essa ira no semblante quando soube dos desmandos de tio Zeca o que mais pesaram para o amor pelo primo ficar selado para sempre em sua afeição. Foi nesse dia, nessa conversa, talvez, que nasceu no menino o desejo de um dia voltar para o Rio de Janeiro. E a saudade do Rio de Janeiro seria para ele a mesma imagem da saudade de primo Cosminho.

Chegou o dia de retornar. Na despedida do primo, Inácio perguntou se podia ficar com a arminha Bob Teco. Cosminho resistiu. Sabia muito bem que a tia não aprovava arminhas de brinquedo. Por fim, acabou cedendo. Inácio tinha ficado muito impressionado com o brinquedo feito à mão e prometeu que não teria problemas se ele não atirasse em ninguém e só usasse para brincar de tiro ao alvo, como fez depois que as outras crianças se cansaram de brincar. Queria uma lembrança, o primo compreendeu. Se bem que a atiradeira artesanal remotamente também o fizesse recordar sua metralhadora de luzinha vermelha, perdida na primeira mudança. De certo modo, era como a sua restituição.

Na bagagem, ia também um peão, um punhado de bolinhas de gude, um pedaço de bolo de fubá e uma plantinha que a avó tinha dito que iria "mudar" assim que ele chegou na sua casa. Não tinha entendido bem, mas na hora do adeus, depois que a velha o abençoou, traçou uma cruz em sua testa e lhe entregou esta pequena muda de roseira para levar para a mãe, ele compreendeu que mudar era tirar uma muda. E se alegrou do aprendizado.

No dia que desfez a mochila, decidiu deixar Bob Teco ali e não na sacola de Brinquedos, onde sua mãe poderia encontrar. Ela não tinha o hábito de mexer em sua mochila porque além do menino ser metodicamente organizado, tinha inteira confiança nele. O brinquedo ficou esquecido por um tempo porque Inácio ainda não o tinha levado para mostrar às poucas crianças vizinhas.

Como seu retorno do Rio antecedeu o fim das férias, durante a semana seguinte, ele foi mais cedo com a mãe para a barraca de camelô para vender utensílios eletrônicos. A mãe se inquietava, não achava certo, queria que ele aproveitasse um pouco mais das férias, que também são uma pequena alegoria da infância. Decidiu deixá-lo o resto do mês em casa, durante seu expediente, permitindo que ele brincasse nas ruas das redondezas e voltasse para casa antes do fim da tarde. Além disso, nos últimos dias, as batidas da GCM tinham aumentado de frequência. Mesmo com o aviso dos camelôs "olheiros", seu instinto materno sugeria precaução.

Os dias passaram rápido. Veio o retorno às aulas e, como de costume, Inácio iria em seguida para o trabalho. Na hora de arrumar os livros e cadernos na mochila, notou o brinquedo esquecido. Recordou o primo, as gargalhadas e o arco-íris que viu naquela incrível semana de férias. Decidiu que era melhor levar a atiradeira para a escola. Seria só aquele dia, prometeu para si. Só para que a mãe porventura não o encontrasse e lhe desse sumiço, como ele agora suspeitava que ela tinha dado em sua metralhadora. Depois encontraria um novo esconderijo para Bob Teco.

Ao soar do sinal, guardou suas coisas e se dirigia para a rua que ficava a três quarteirões da rua dos camelôs, perto da praça, onde a mãe lhe aguardava. Tudo parecia voltar ao normal, embora ele se sentisse um pouco diferente depois da viagem. Talvez mais crescido, embora também mais criança, pois nunca tinha se divertido tanto quanto naquela semana que ainda ecoava em seu íntimo.

Inácio seguia tranquilo, caminhando. Estava quase chegando na curva que levava às barraquinhas de camelô quando notou um movimento incomum de pessoas andando depressa, uma agitação de gente indo e vindo da rua dos camelôs. Ficou desnorteado quando tomou a última esquina e percebeu o que acontecia. Era o rapa, mas de uma forma como ele ainda não tinha visto. A rua estava cheia de agentes e carros da GCM. Também havia policiais e viaturas. Estava armada uma confusão generalizada. Gritos, xingamentos, lamentos, pessoas correndo, camelôs disputando as mercadorias com os guardas, a polícia batendo. Foi quando o medo tocou seu corpo. Uma mulher que passava o abordou:

– Você tá indo pra onde? Não vai pra lá não que tá tendo confusão. Cadê sua mãe?

– Minha mãe tá lá – disse, antes de se desvencilhar e seguir.

Seus olhos assustados buscavam a mãe no meio da desordem, mas só encontravam o caos. Visualizou três guardas da GCM tentando imobilizar o Peruano, do artesanato, enquanto sua esposa, desesperada, aos prantos, apartava um dos filhos da confusão com um braço e com o outro segurava um bebê já vermelho de tanto berrar.

Naquele descompasso, naquela anomalia da cidade, Inácio olhou para o lugar onde estaria a barraca de sua mãe e não a viu, nem sua barraquinha de camelô. Começava a lhe subir o pavor, os pensamentos, desordenados, chegavam à mente como lampejos, sem querer ele pensava na dor de um nariz partido, na dor de um dente arrancado da boca, em crianças pedindo no sinal, queria apertar a mão de sua mãe, e imaginava todos os dentes do jacaré gigante que vivia no Rio Tietê mastigando a cidade. No chão, vários destroços de barracas e mercadorias.

Pelo seu nariz penetrava um cheiro mais terrível que o dos antigos enjoos nos ônibus pela cidade. Estava prestes a chorar quando finalmente avistou a mãe, perto da esquina com o supermercado. Parecia socorrer, ou ser socorrida por dona Severina, a pernambucana. Estavam as duas na calçada, abraçadas, encolhidas. Pareciam menores. Conforme se aproximava, notou que a mãe tinha sangue na testa. O menino ficou em choque. Como é que as coisas tinham chegado a esse ponto? Em que curva, meu Deus? A mente já se poluía de raiva, além do medo e outros turvos sentimentos, e quis até lhe sugerir que ele tinha alguma culpa daquela situação. Quis pensar que se estivesse presente poderia ter feito alguma coisa, avisar, gritar, adivinhar, qualquer coisa.

Seguiu firme, desviando e tentando se proteger do tumulto. Porém, antes que pudesse sentir o alívio de reencontrar a mãe, notou que um dos guardas da GCM também ia naquela direção. Não adiantaram seus gritos, pois o barulho em volta era mais alto. Não adiantava correr porque o GCM estava mais perto. Foi quando uma ideia clara apareceu e ele recordou a promessa que fez para si de que nunca se perderia de sua mãe. Não deixaria que ninguém a levasse dele. Sabia o que fazer. De súbito, sacou a mochila das costas e apanhou Bob Teco. Lamentou a falta de munição, mas as mãos acreditaram na sorte, vasculharam o fundo, reviraram pelo avesso e retornaram com uma solitária bolinha de gude. Os olhos ardiam, o cenho se torcia em fúria. Inácio tinha sido advertido por primo Cosminho para nunca mirar no rosto porque teco de milho ou feijão, se batesse no olho, podia cegar. Não havia tempo para imaginar o estrago que uma bolinha de gude poderia fazer, pois o guarda da GCM estava mais perto, prestes a alcançar sua mãe. O menino então deixou a bolinha correr pelo cano, apontou Bob Teco para a cara do agente, esticou muito a bexiga e disparou.

AUGUSTO DIAS

Nascido em São Gonçalo, é professor de Literatura Brasileira, escritor e poeta. Já lançou *A última noite* (Letras e Expressões - RJ – 2006), *Anotações para depois do temporal* (Scortecci - SP – 2014), *Todo Palavra* (Conexão 7 - RJ - 2018) e *Novo Quarentempo* (Patuá - SP - 2021), além de participar das antologias *Seis temas à procura de um poema* e *Contos para depois do ódio* (Mórula - RJ - 2017 e 2020), estas duas últimas, organizadas pela Flup. Segue desviando de balas, de esperanças perdidas e dos amores e desamores achados nas ruas desses subúrbios injustos, mas ainda tropicais como sua escrita.

UM DO POVO NEGRO

Texto inspirado no conto "Um do povo"

Orientação: Fred Coelho

São dezesseis as localidades que compõem a região do subúrbio carioca conhecida como Grande Méier. Chamado de capital do subúrbio, foi oficialmente reconhecido como bairro a partir de 13 de maio de 1889, muito por ter sido um dos principais líderes do processo de evolução econômica da zona norte após a abolição da escravatura. Lá, foram inaugurados os primeiros e mais importantes centros de negócios do Rio de Janeiro, atraindo clientes de todas as partes da cidade. O subúrbio era, então, uma flor desabrochando. Por isso, em 1905, o Méier era inviável para os amigos Felizardo Kambami e Marcus Boseda instalarem a primeira barbearia da região com proprietários negros. A capital dos subúrbios era eclética, mas não ao ponto de dar espaço a dois ex-escravizados embrionariamente empreendedores. A jovem República, afinal, tinha limites. E eram limites brancos demais para eles.

Oriundos da então recente abolição, que legara a força de trabalho da mão de obra negra à própria sorte desde o fim do século XIX no Brasil, os dois amigos, descendentes de uma família nigeriana, eram um caso singular. Durante a escravidão, eles serviram em uma Casa Grande quase a vida inteira e, com a pouca instrução que receberam e com a esperteza com a qual nasceram, tinham guardado, anos a fio, alguns poucos recursos para comprarem suas cartas de alforria. Quando estavam prestes a concretizar o sonho, o inesperado aconteceu: veio a abolição e eles se viram livres e com dinheiro para recomeçar a vida. Como recém-libertados, sabiam que estavam em situação privilegiada. Conversaram e, juntos, desistiram de tentar voltar à Mãe África ou de permanecerem trabalhando nos campos. Montaram uma pequena barbearia na Rua Buenos Aires, no térreo do cortiço onde tinham ido morar. Foram quase duas décadas por ali, anos de altos e baixos que desaguaram na expulsão do centro da cidade pelo Bota-abaixo do prefeito Pereira Passos. Atraídos pelo progresso do subúrbio carioca de então, resolveram juntar suas pequenas economias e criaram a Barbearia Akanni, encravada em uma esquina de Todos os Santos, pequeno e mais humilde bairro vizinho do grandioso Méier. Ali, puseram em prática a profissão que forçosamente haviam aprendido ainda sob os grilhões da escravidão. Akanni, o nome que escolheram para seu estabelecimento, em sua origem africana, queria dizer "encontro que enriquece", "partilha que acrescenta". Tinham conquistado o sonho de uma vida inteira. Aparentemente, os ares de liberdade, ainda tímidos, começavam a fluir pelo subúrbio carioca. E viva a República!

Como o nome do estabelecimento parecia ter profetizado, rapidamente a loja ficou famosa. Nos anos que se seguiram, muitas pessoas vinham sempre para usufruir de seus serviços. Reza uma das lendas do subúrbio que foi o escritor Lima Barreto, fã e vizinho do estabelecimento dos nigerianos, quem levou um jovem de apenas dezoito anos – cujo nome era Alfredo da Rocha Viana Filho, mas que ficara conhecido nas rodas musicais da cidade como Pixinguinha – a frequentar a barbearia, vindo dos confins do bairro do Catumbi para cortar o cabelo ali.

Naquelas oportunidades, o lugar virava uma festa, com aquele menino-prodígio empunhando sua flauta e cativando a plateia feita quase exclusivamente por clientes e vizinhos do salão. Certa ocasião, Pixinguinha, já amigo dos amigos, levou para cortar o cabelo na Akanni o seu irmão China e alguns outros conhecidos, todos instrumentistas de primeira linha. Depois do serviço, todo mundo com o cabelo *na régua*, o grupo se reuniu na calçada da Akanni para trocar dois dedinhos de prosa com Lima. Este lhes apresentou um novo amigo, músico do Maranhão, bom tocador de pistom. Durante a conversa, Felismino Xubregas – era este o nome do rapaz – reclamara que a música brasileira não era para o povo porque o povo não podia pagar para vê-la nos lugares chiques da cidade. Confessou ainda que ele, por conta da família, já há muito tinha abandonado a música como meio de sobrevivência, mas a música nunca saíra de seu coração. Apesar disso, ele se sentia cada vez mais distante de grandes apresentações, visto que, com o que ganhava como construtor de fossas lá pelas bandas de Anchieta, ou botava comida nos pratos dos filhos ou pagava ingresso no Municipal para ouvir boa música. A escolha era óbvia.

Pixinguinha, profundamente tocado pelo desabafo de Xubregas, chamou os amigos e fizeram, naquele momento, a primeira apresentação na calçada da barbearia. Ninguém ali sabia, mas o astro da então incipiente música instrumental brasileira confessou para Lima, ao pé do ouvido, enquanto tomava fôlego para mais um solo: "Estamos comemorando. Fomos contratados e neste sábado vamos tocar no Cine Palais. Mas, antes, vamos tocar aqui, para o povo negro." O Brasil ganhava, então, os Oito Batutas, cuja apresentação espontânea na Akanni, naquela tarde, fora uma espécie de ensaio para a história da nascente música brasileira e da mesma sonoridade que embalaria outra recém-nascida: a República! Viva ela!

A partir da década de 1950, depois de vencido o racismo suburbano, que parecia dizer que ali não era lugar para dois empreendedores negros, a Akanni já contava com 25 filiais espalhadas pelo Grande Méier. A pedido dos fundadores, os herdeiros dos dois amigos aliaram-se a vários terreiros de umbanda e candomblé da região para atendimento aos pobres e para a formação de mão de obra especializada em serviços de barbearia. Já na segunda década do século XXI, a tradicional loja continuava a ser sinônimo de atividades beneméritas. Atualmente, apenas o neto de Felizardo Kambami, Mairon, está diariamente à frente dos negócios na sede da Akanni, ainda em Todos os Santos. Os demais herdeiros preferem a administração dos bens, longe dos clientes e perto dos lucros, enquanto Mairon segue na labuta diária de atender, com seus serviços especializados, tanto famílias do bairro quanto a nata da malandragem do subúrbio. Aliás, ele faz questão de explicar a quem quiser ouvir que seu negócio não é um *cabeleireiro*, mas sim uma *barbearia*, seguindo a tradição do nome de batismo dado pelos seus ancestrais.

Mairon Kambami, além de ser um grande profissional, é um senhor muito respeitado no bairro, reconhecido como um dos mais bondosos proprietários de negócios que já se viu ali. Do alto de seu pouco mais de um metro e noventa de estatura, está sempre bem-humorado, com um sorriso translúcido nos lábios a enfeitar seu rosto de fortes traços da descendência iorubá. Ele é assíduo nas giras de santo por todo o Grande Méier, local que frequentava com a esposa, quando esta era viva, e agora comparece em companhia de suas duas filhas, Zuri e Amara. Como benemérito do bairro de Todos os Santos, acolhe em seu projeto social, junto às diversas igrejas católicas da região, pessoas em situação de pobreza extrema da favela do Jacaré. Faz, também, inúmeras doações para outros necessitados que procurem, eventualmente, tais congregações. Seu sincretismo religioso o ajuda a transitar com tranquilidade por aqueles dois mundos. Na seara profissional, seu lema, que virou um bordão pessoal com o qual sempre se despede de seus clientes, é: "Queira-me bem, que não custa nada!"

Por todas essas qualidades, como ser humano e como homem temente a Deus e a Oxalá, ele era um dos convidados de honra da celebração anual em homenagem a Zumbi dos Palmares, promovida pela prefeitura do Rio de Janeiro e que, no Grande Méier, naquele ano de eleição, se daria justamente em frente à sede da Akanni, com direito a uma festa imensa e a um palco gigantesco para os padrões do subúrbio. Mairon era também um dos eméritos patrocinadores do evento e, mais do que celebrar aquela data, parecia, como diz a famosa canção, desejava questionar: *estranhou o quê? Preto pode ter o mesmo que você.* Aquela seria uma festa inesquecível para o subúrbio e para a República!

Só que existia um "porém": forças centenárias dessa mesma República, sempre contrárias à ascensão negra na cidade, estavam incomodadas com todo aquele agito em torno da celebração a Zumbi dos Palmares. No subúrbio carioca, grupos organizados racistas escolheram centrar esforços para atacar a honra exatamente de um dos patronos da festa, Mairon Kambami. Desmoralizar o neto de Felizardo era o ponto inicial de uma estratégia que pretendia destruir a credibilidade de lideranças negras – e, por extensão, toda a celebração em torno dos movimentos que homenageavam Zumbi. Por isso, havia já alguns dias que o empresário estava sendo estudado, desde sua rotina até as suas credenciais espirituais. O que havia sido apurado até ali estava de acordo com os pré-requisitos que o enquadrava na lista que interessava aos reacionários que o investigavam. O problema deles era que, até um dia antes da festa, nada ainda havia sido encontrado que pudesse macular sua história. Assim, a alta cúpula por trás daquela investigação sinistra determinou que se forjasse um escândalo que o enquadrasse na lama na qual queriam que ele caísse. Uma *morte* – como maldosamente eles chamavam – *negra*, quem sabe por overdose, pois bala perdida o colocaria na posição de vítima, e não era isso que se desejava.

Com toda a confiança na miséria que a alma humana pode perpetrar, o agente das sombras contratado por aqueles que pretendiam engolfar Mairon Kambami entrou na Barbearia Akanni para acompanhar, naquela meia hora final antes do fechamento da loja, a rotina de seu alvo. Sua desculpa para estar ali era a mais fácil: a barba por fazer. Ao entrar no estabelecimento, foi imediatamente saudado pelo senhor Mairon, que atendia um cliente. Retribuiu a saudação e foi atendido por outro profissional, que lhe indicou a única cadeira disponível. Aceitou a sugestão e, sem alterar qualquer um de seus gestos antecipadamente estudados, o homem viu ser colocada espuma em sua própria barba, até que ele ficasse quase irreconhecível por detrás do produto. Pelo espelho, acompanhava os movimentos do senhor Mairon que, sem perceber nada de anormal, conversava com o cliente no qual terminava de cortar a barba. Ao findar o serviço, o velho barbeiro retirou a capa protetora do homem que estava atendendo e, na sequência, este se levantou da cadeira em que estava, meteu a mão no bolso frontal de sua calça jeans e pagou pelo serviço, desejando boa tarde a todos os presentes. O senhor Mairon, como de costume, despediu-se com sua frase-bordão ("Queira-me bem, que não custa nada!") e o cliente, sorrindo, deixou o local.

Por um breve período, sentado na cadeira da barbearia em que recebia o corte em sua própria barba e observando o alvo ao seu lado, o homem achou que sua missão seria adiada, visto que, apesar do horário do fechamento se aproximar, Mairon não parecia fazer qualquer menção de ir embora. Em seguida, como que a respondê-lo, olhando para o relógio pendurado na parede do estabelecimento, que marcava 17:55h, o senhor Mairon fez uma recomendação qualquer ao seu gerente para que executasse os trâmites finais para o fechamento da loja, despediu-se de todos e deixou o recinto.

Ele esperou o velho homem negro sair e acionou, discretamente, o cronômetro de seu relógio de pulso: tinha, a partir daquele momento, cerca de quinze minutos até que o senhor Mairon passasse em frente à barbearia com o seu veículo, o mesmo que ele havia seguido durante toda a semana anterior para descobrir a rotina de seu alvo. E foi o tempo certo para que sua barba fosse finalizada, ele pagasse pelo serviço e deixasse o local. Assim que pisou na calçada da Rua Magalhães Couto, esquina com a Santos Titara, viu o empresário passar em seu carro preto e parar no sinal de trânsito para virar, certamente, na Rua Venceslau. Subiu na moto, previamente estacionada ali, pôs o capacete e, no momento exato em que a luz do semáforo ficou verde, deu a partida e saiu calmamente no encalço do veículo.

Desceram a Venceslau e seguiram em direção ao principal viaduto da região. O trânsito das seis da tarde era moroso e isso facilitava a perseguição. Quando chegaram ao Jardim do Méier, o motoqueiro estava plenamente confiante do caminho que o senhor Mairon seguiria. Desceram a Rua Lucídio Lago, seguiram pele Rua Torres Sobrinho e, na altura da Rua Ferreira de Andrade, o carro preto fez a conversão à direita e entrou, seguido pela moto, que o ultrapassou e estacionou mais à frente, na esquina da Rua Baldraco. O homem pensou: *ele não vai achar que está sendo seguido se eu estiver depois dele.*

O veículo preto estacionou em frente à Paróquia Nossa Senhora da Conceição Aparecida. O senhor Mairon desceu do carro e entrou no prédio, sendo cumprimentado pelo padre que, como de costume, o esperava na porta. Toda sexta-feira era essa a rotina: sair da barbearia e passar ali para conversar com o religioso sobre o planejamento de assistência social da semana seguinte. Normalmente, a reunião era breve. O perseguidor sentou-se no bar da esquina e esperou. Cerca de vinte minutos depois, o homem velho se despediu do padre e atravessou a rua em direção ao estacionamento. O motoqueiro pagou a conta, subiu na moto e esperou. Sabia que o alvo faria o retorno pela Rua Aristides Caire, em direção ao Viaduto do Méier, voltando para casa.

Apesar de seguir rotineiramente até ali, o velho, que dirigia seu carro pelo caminho esperado, não seguiu adiante no cruzamento com a Rua Capitão Rezende, mas sim virou à direita, no sinal. Surpreso com a súbita mudança na direção do veículo que seguia, o motoqueiro continuou sua perseguição. A rotina estava sendo quebrada e ele queria saber o porquê daquilo. Perguntas atravessavam sua mente: *seria alguma missão de ajuda aos pobres? Teria sido incumbido pelo padre de algum afazer de última hora? Uma caridade?*

O barbeiro passou por um posto de gasolina, virou à esquerda, mas não fez o contorno à direita, no sentido da Praça Avaí, como a maioria dos veículos. Ao contrário, fez uma pequena contramão na diminuta Rua Marília de Dirceu, um pequeno trecho que começava na Rua Tenente Costa e desembocava ali no início da Rua Cachambi. Parou o carro em cima da calçada, desligou o aparelho de som que tocava uma música a qual ele acompanhava cantarolando baixinho e, discretamente, seguiu até uma casa antiga, ainda bonita, com um flamboyant rosa cravado à frente da edificação. Era a única árvore da rua. À distância, ainda intrigado, o motoqueiro acompanhava aquela quebra de rotina do senhor Mairon. *Afinal, o que ele está fazendo aqui?*

A resposta veio na figura de uma moça de pele alva, com cabelos ruivos curtíssimos, muito jovem ainda, aparentando, no máximo, uns vinte e dois anos. Com roupas discretas e um belo sorriso, ela veio receber o empresário na porta da casa. Após brevíssimos cumprimentos, ela abriu um pequeno portão de madeira e o velho entrou. De longe, o motoqueiro viu, de relance, as mãos dos dois entrelaçando-se, pouco antes de desaparecerem dentro da casa. *E essa agora? O santo de Todos os Santos estaria em pecado?* Só havia uma forma de descobrir. Ele aguardou, observando o movimento da pequena via. Quando constatou que a área estava com zero de circulação de pessoas e carros, agiu. Envolto pela noite que começava a cair, saltou o pequeno portão e se esgueirou até os fundos do imóvel. Lá, seguiu o barulho que vinha do quarto da casa, abafado pelo som de uma música que tocava em algum lugar ali dentro.

Pela pequenina vidraça que encimava o cômodo, semiaberta, provavelmente para aliviar o calor, conseguiu ver. Com as mãos apoiadas na parte de cima do estrado da cama, o homem que tinha sido eleito como seu próximo alvo estava nu. Em cima da mesma cama, engatinhando de quatro ao lado do corpanzil do empresário, a jovem ruiva, vestindo agora apenas orelhas de coelhinha, passava a língua, paulatinamente, pela pele negra do barbeiro, ainda bastante rígida para um homem da sua idade. Quando chegou à altura do pescoço dele, sentou-se sobre o dorso do comerciante que, ofegante, sorriu-lhe em retribuição. Sem esperar, a moça desfechou-lhe um vigoroso beijo, mais intenso do que se podia supor pelo tamanho diminuto de sua boca. Fitando-a olho no olho, sorrindo seu sorriso mais bondoso, o senhor Mairon viu a esguia jovem, tez muito branca, juntar-se a ele, ambos amalgamados na cama. Antes de partir para a iniciativa, até ali apenas da moça, o barbeiro ainda teve tempo de pensar que certamente Tom Jobim e Chico Buarque não tinham pensado naquela cena que ele vivia quando escreveram uma de suas famosas parcerias, o "Retrato em branco e preto". Não mesmo. No entanto, ali estavam ele e ela, dois corpos, branco e preto. E o resultado era muito melhor do que um soneto.

Foi só nessa hora que o motoqueiro, ainda observando incógnito a cena do casal inusitado, imediatamente a reconheceu: a moça ali em plena ação era nada mais, nada menos do que a vereadora mais votada do partido de seus chefes na última eleição! Para tornar aquele imbróglio ainda mais incontornável, ela também era a filha mais nova do segundo casamento do prefeito da cidade. Ambos, pai e filha, estavam concorrendo à reeleição daquele ano eleitoral!

Do lado de fora da casa, ainda ouvindo os gemidos do casal sendo suplantados pela música que tocava na medida em que se afastava, o motoqueiro estava decepcionado. Precisava informar a seus chefes sobre suas descobertas, mas já sabia do desfecho de tudo aquilo. Quando eles soubessem que aquele velho homem negro estava tendo um caso não só com uma moça branca, mas exatamente com *aquela* moça branca, saberiam também que o alvo não correspondia àquilo que se esperava dele. Ligações muito íntimas com o *status quo* desabilitavam-no da condição de alvo. O escândalo, desconfiava, não valeria o risco para a República. Ligou só para confirmar o que já sabia. Do outro lado da linha, mandaram que ele abortasse a missão. Afinal, disseram-lhe, não se pode colocar uma mulher branca em exposição por um pecado de luxúria de um negro. Iriam, ao invés de sujar a fama daquele benemérito, jogar imundície na frente do ventilador do mundo branco com aquela traição à família cristã e aos seus mandamentos. Devia sair dali e recomeçar, no dia seguinte, a investigação de um novo nome para o lugar daquele ex-alvo. Outro negro deveria ser jogado na lama, de preferência sem também atirar junto qualquer honra branca.

Resignado, o motoqueiro fez o caminho inverso para deixar o lugar sem ser notado. Chegou até o portão da frente, olhou a rua e não viu ninguém. Com um impulso, pulou o obstáculo do portão de madeira e, de volta à rua, antes de seguir até a sua moto, ainda teve tempo de olhar pausadamente para o flamboyant em flor. Balançou a cabeça de um lado a outro. *Que desperdício...* Depois, deu a partida e seguiu seu rumo pelas sombras da noite.

Cerca de quarenta e cinco minutos depois da partida do motoqueiro, o senhor Mairon surgiu na porta daquela casa antiga. Devidamente recomposto e acompanhado pela jovem, dirigiu-se até a saída. Levantou a franja ruiva da moça e beijou-lhe a testa cor de cal com um carinho tão grande que, a distância, parecia genuinamente uma atitude paterna. E foi mesmo assim que ele encarou a ajuda que ela lhe ofertara quando iniciou seu projeto social na favela. Com a influência do pai-prefeito, aquele projeto também foi um belo trampolim para que ela fosse eleita a mais jovem parlamentar da cidade. No começo, a relação com ele era profissional, mas, de modo meteórico, fora ela quem entendera que, como caso amoroso, o empresário benemérito teria ainda muito mais ajuda a lhe oferecer, e não só em termos políticos. Foi então que começou a recebê-lo, naquela rua discreta do subúrbio, uma vez por quinzena, para aquela sessão íntima, sempre ao som de "Amante amado", de Jorge Ben Jor, do qual Mairon era amigo pessoal e fã incondicional. A menina tinha certeza de que ela e ele, juntos, eram uma beleza rara. Desde que se mantivessem sempre longe da zona sul, longe dos jornais de fofocas e, principalmente, longe dos olhos do seu pai e da República, tudo daria certo.

Com seu sorriso mais bondoso no rosto, o senhor Mairon se despediu da moça. "Queira-me bem, que não custa nada!" E ela lhe sorriu, com os olhos brilhantes no rosto juvenil. Logo depois, ele atravessou a rua, entrou em seu carro preto e olhou-se no espelho retrovisor. Dali a quinze dias, estaria de volta para uma nova sessão. A vida na terceira idade era melhor do que previra, afinal. Acionou o aparelho de som do carro. A música de Jorge Ben Jor continuou de onde havia sido encerrada:

Eu quero que você me pegue / Me abrace e me aperte / Me beije e me ame / E depois me mande embora...

E o senhor Mairon cantarolava junto:

Pois eu vou feliz da vida e vitorioso / Pois eu sou o seu escravo, amor / Pois eu sou o seu escravo / amado, amor

Estava feliz e sereno, satisfeito em seu apetite quinzenal. De dentro do carro, acenou para a jovem e partiu.

O que ele nunca soube daquela tarde de "amado amor" foi o quanto estivera próximo da morte e como fora salvo justamente por não poder ser um alvo. Salvara-lhe o fato de que, na visão do motoqueiro de tocaia e na de seus chefes ocultos, matá-lo seria a ruína de tudo: pior que ultrajar um do povo negro seria expor uma do povo branco. Naquele dia, sem Mairon saber, a mão pesada e podre do jogo político tinha chegado bem perto dele, mas seguiu adiante, em nome dos bons costumes e da boa política.

Na ignorância de sua quase morte e tomado por súbita euforia, o velho barbeiro aumentou ainda mais o volume do rádio e, com a cabeça do lado fora da janela, bradou para Todos os Santos ouvirem:

– Viva a República!

CAMILA DE ARAUJO

Camila de Araujo nasceu em 1991, no Rio de Janeiro. É formada em jornalismo pela PUC-Rio, com passagens pela Biblioteca Nacional, Coca-Cola Open Up e Editora Objetiva, hoje selo da Companhia das Letras. Terceira colocada no concurso literário Crônicas da Fome, do Instituto Fome Zero, integra as antologias *Rio de Contos* (LER/Funarj), *Cartas para Esperança* (Editora Malê), *Olhares Negros* (Editora Persona), *Crônicas da Fome* (Coletivo Subplano) e *#Nunca Mais: sobre um tempo que precisa se tornar passado* (Editora Peabiru).

Em busca de Gabriela

Texto inspirado no conto "O filho de Gabriela"

Orientação: Beatriz Resende

Quando o som das palmas e atabaques se calou no fundo da consciência, Horácio conseguiu levantar da cama. Abriu a porta do quarto, deixando para trás o cheiro de doença. Devagar, ele atravessou os corredores muito brancos até chegar à sala de estar, onde estavam o padrinho e a madrinha. A mulher, ao ver o garoto de pé, ergueu-se num salto do sofá, estirou os braços e o envolveu, sacudindo o corpinho pequeno e magrelo do afilhado:

– Está melhor, meu filho? Sente algum mal-estar? – perguntou ela.

– Ele está ótimo, Laura, amanhã mesmo já pode voltar para a escola. Continue mimando o garoto assim que ele vai estragar de vez – intrometeu-se o padrinho.

No dia seguinte, a madrinha fez questão de levá-lo ao colégio em seu Jeep Commander branco-esmaltado. Sentado no banco do carona, Horácio escutou-a contar que há duas semanas o afilhado tinha caído numa febre de causar alucinações. Balbuciava frases desconexas sobre árvores enormes, elefantes, danças esquisitas.

– Como foi depois de você ter ido à festa do Salvador, para aquele lado perigoso onde ele mora, chegamos a achar que você tinha usado alguma droga – disse a madrinha ao volante.

Horácio admirava o reflexo dourado e resplandecente do sol nas ondas do mar que unia as avenidas Vieira Souto e Delfim Moreira. O carro entrou na rua Cupertino Durão e, em poucos minutos, estacionou no portão da escola. Pelo retrovisor, a madrinha e o afilhado viram Jones chegar, carregando o filho na garupa da bicicleta elétrica. Logo Horácio entendeu o motivo da madrinha insistir em levá-lo ao colégio. Pelo retrovisor, ela observava o ex-amante. Mais um, como tantos que tivera. Ao ver-se observada pelo afilhado, Laura enrubesceu.

– Filho, por causa do que aconteceu, eu e seu padrinho achamos melhor você não andar mais com o Salvador – disse Laura antes do afilhado abrir a porta do carro.

Na sala-de-aula, os outros alunos agiam como se Horácio não houvesse desaparecido. Ser ignorado era o melhor que poderia esperar, assim não iria lidar com as provocações. Desde o início do ensino médio estava naquela turma, mas o sentimento de estranheza e não pertencimento era constante. Mesmo que vestissem o mesmo uniforme e recebessem as mesmas instruções, sentia a diferença na pele. Sobretudo quando Pellegrini resolvia implicar. Foi o colega de classe quem começou a chamá-lo de Horácio, por ser magro, pequeno e cabeçudo, segundo o valentão.

– Se liga, galera, o Afonso não parece o Horácio, o dinossauro da Turma da Mônica? – provocou Pellegrini.

A turma caiu na risada, o apelido pegou e alastrou-se para fora dos portões da escola, sendo Horácio mais conhecido pela troça do que por seu nome de batismo.

Salvador quase recebeu o mesmo presente de grego. Como costumava distribuir saquinhos de Cosme e Damião, Pellegrini o chamou de Macumba. Contudo, Salvador não era tímido como Horácio e partiu para cima do valentão, que ao se encontrar humilhado no pátio do colégio, decidiu cancelar a chacota.

Até parece que eu vou parar de falar com o único moleque preto além de mim aqui, e meu único amigo, pensou Horácio enquanto seus olhos passeavam pela sala de aula de uma brancura que invadia as portas, arrombava as janelas e se estendia pelos ladrilhos, subindo pelas carteiras e contaminando os outros estudantes, exceto ele e Salvador.

No intervalo, os dois conversaram sobre as garotas da escola e videogames até que Salvador decidiu quebrar o mistério.

– Cara, você sumiu depois da gira de Xangô. O que aconteceu? – perguntou ele.

Horácio contou sobre a febre tão poderosa que causara alucinações.

– No meu ilê a gente chama isso de carrego – disse Salvador.

A madrinha esperava Horácio na porta da escola, mas antes de voltarem para casa, foram passear no shopping perto da instituição. Horácio, acanhado, caminhava ao lado da mulher, a quem há muito já ultrapassara em altura. Ao saírem de uma das lojas, ela encontrou uma amiga que se virou para o jovem, repousando a mão no peito magro e côncavo do garoto.

– Quem é esse rapagão? Seu filho? – perguntou a desconhecida.

– Não, meu afilhado – respondeu a madrinha.

– Teu afilhado? Ah, sim! É o filho de Gabriela.

A mulher recolheu a mão e afastou-se de Horácio, virando-se para Laura. Ele sentiu como se seu corpo se fundisse ao mármore que revestia as paredes do shopping e perdesse o contorno e a materialidade. Encarou a madrinha, que havia se distanciado dele e lhe estendera as sacolas de compras, como faria com um empregado.

É o filho de Gabriela, mas o que sabia sobre ela? Quando perguntava sobre a mãe, Laura dizia que haviam sido mais do que patroa e empregada e, sim, amigas.

– Sabe, querido, um dia, você ainda nem morava em nossa casa, mas eu soube que você andava doentinho. Fiquei morrendo de preocupação e mandei sua mãe cuidar de você – gostava de contar a madrinha. – Uma pena Gabriela ter morrido tão nova. Que tragédia! Lembre-se, você sempre vai ter a dindinha por perto.

O adolescente sentiu um aperto na garganta e os olhos começaram a arder, mas engoliu o choro que só rebentou quando chegou em casa e trancou-se no quarto, para onde correu assim que abriu a porta do apartamento.

– Eu já disse, Laura, você está criando mal esse moleque – advertiu o padrinho, sentado em sua poltrona habitual, que se tornava parte dele.

Aos finais de semana, Horácio subia num ônibus na rua Voluntários da Pátria, em Botafogo, onde morava, em direção à praia de Copacabana. Espremia-se entre os surfistas, preocupado em não incomodar, atento para não esbarrar em suas pranchas, esgueirando-se entre os turistas, as mochilas enormes e as famílias que viajavam das entranhas da zona norte para o coração da zona sul. Seu programa favorito era passear pela cidade com um livro a tiracolo, a imaginar-se entre os membros da Armada de Dumbledore, os Cavaleiros da Távola Redonda e a Sociedade do Betume. A imaginação era seu refúgio, onde era tanto o herói quanto o filho querido.

Também encontrava Salvador. Apesar da proibição dos padrinhos, num domingo, convidou o outro para jogar videogame, aproveitando que os donos da casa estavam fora. Na virtualidade e com o controle em mãos, experimentava o mesmo sentimento que os livros causavam ao transportá-lo para uma realidade onde era poderoso e indispensável. Só que, em vez das páginas, era nas telas que deixava de ser o filho de Gabriela para se transformar em Kratos, Mario Bros, Chris Redfield, Link e Ryu.

– Vai ter festa de Preto Velho no terreiro da minha família. Quer ir? – convidou Salvador.

Caso a televisão não estivesse nas alturas, os jovens teriam escutado o padrinho entrar em casa e jogar-se estrondosamente com seu corpanzil de suíno na poltrona onde curtia sua aposentadoria. O barulho atraiu o recém-chegado, que escancarou a porta do quarto.

O visitante não pôde deixar de perceber o olhar afiado que o homem desferia em sua direção.

– É melhor você voltar para casa, Salvador – disse o padrinho, mexendo no bolso da bermuda e entregando cinquenta reais ao menino. – Faço questão de pagar o seu Uber.

Quando a porta de casa bateu, o padrinho esbravejou:

– Nós falamos que não queremos você com esse moleque e você traz ele para dentro da minha casa! Você é ingrato igual sua mãe!

– Não fala da minha mãe! – gritou Horácio que, embora não fosse forte, lançou o padrinho ao chão.

– Esperta é sua mãe, que fez bem em te deixar e ir embora, já sabia o filho que tinha. Ingênua foi Laura – desabafou o padrinho.

Durante o resto da semana, Horácio permaneceu introspectivo e carrancudo, fechado. Sobretudo, para a madrinha. Ia para a escola e voltava sem falar nada. Devolvia, lacônico, qualquer coisa que lhe perguntassem. Trancava-se no quarto pensando na indiscrição do padrinho.

No sábado, Horácio avisou que iria à praia, mas, ao invés de Copacabana, tomou um ônibus para a Ilha do Governador. O garoto via naquele pedaço da cidade, para o qual tanto o alertavam sobre a violência e pobreza, um local onde encontrava seus iguais.

Da janela do ônibus admirava outros tantos meninos negros, livres, soltando pipa em ruas repletas de casinhas coloridas, resguardadas por azulejos de São Jorge, Nossa Senhora de Fátima e Santo Antônio. Inclusive a casa de Salvador.

Horácio sentou no local reservado aos visitantes, na assistência. Já o amigo, de branco, integrava a roda dos médiuns que recebem, com música e dança, os espíritos dos desencarnados. Ao som do atabaque, os encantados desceram à Terra.

Diferentemente da passagem anterior, antes de adoecer, Horácio decidiu não fugir e, ao conversar com uma Preta Velha, recebeu a notícia de que sua mãe estava viva.

– *Fio, suncê* não julgue uma mãe por achar que sabe o que seria melhor para sua *beijada* – disse a entidade.

Descobrir o paradeiro de Gabriela tornou-se uma obstinação para Horácio. Ele escondeu a revolta que sentia por ter sido enganado pela madrinha, embora seu desejo fosse confrontá-la. Ao manter as aparências, o garoto poderia vasculhar as gavetas da mesa de cabeceira de Laura, de seu closet. Entrar e sair à vontade.

Dessa forma descobriu, sem dificuldades, um telefone assinalado como "Gabriela empregada" numa agenda datada de 1995. Trancou-se no quarto e ligou de seu celular.

– Eu quero falar com a Gabriela – disse Horácio.

– É ela. – respondeu uma voz feminina do outro lado.

– Você trabalhou na casa de dona Laura?

A mulher emudeceu por minutos prolongados antes de confirmar com uma nota de desconfiança.

– Eu sou seu filho – disse Horácio.

– Afonso? É você, meu filho? Por nosso Senhor Jesus Cristo, eu não acredito. Achei que nunca fosse falar com você.

Gabriela desatou a língua. Do cansaço até a desconfiança, agora sua voz era carregada de emoção, de um pranto acumulado que escapava pela úmida melodia que Horácio escutava do lado oposto da linha. Gabriela revelou que o menino tinha três irmãos mais novos. Ela também perguntou da escola e ficou exultante em saber que o filho era bom aluno.

– Por que me abandonou com seus patrões? – perguntou Horácio.

– Pensei no melhor para você. Qual futuro eu, uma empregada doméstica que até hoje só tem um barraco no morro e mal sabe ler, poderia oferecer? Eu via dona Laura num apego que só com você. Ela queria tanto ter filhos, mas a coitada não segurava barriga de jeito nenhum. Então, a patroa disse para eu ir embora, que ela iria cuidar de você como se você tivesse saído de dentro dela e eu só fui porque sabia que, dessa forma, você ia crescer com estudo, saúde, brinquedos à vontade e comida na mesa.

– E você acha que tudo isso me fez feliz, mãe? – perguntou Horácio.

DAIANA DE SOUZA

Daiana de Souza é professora, mestra em história, escritora e roteirista. Do interior do Rio de Janeiro, pesquisa e escreve sobre as trajetórias das gentes negras para recriar imagens através da ficção. Participou em coletâneas como *Carolinas* (Bazar do Tempo/Flup), e *Rio de Contos*, da Editora Mater, resultado da primeira edição desse concurso do Estado do Rio de Janeiro. Compartilha suas impressões literárias e sobre a vida no @thenanadesouza.

O destino do Correia

Texto inspirado nos contos "O destino do Chaves" e "Numa e a Ninfa"

Orientação: Beatriz Resende

À beira da pia batismal, o pequeno bebê nos braços da madrinha recebe a água consagrada na cabeça. Ele não chora. Após a oração do padre, o pai acolhe o filho cor de chocolate em seu colo. A mãe acaricia a cabeça ainda carequinha, um momento tão terno que torna possível reconhecer o amor daquela família de longe.

Depois do último amém, o pai vai conversar com o padre e deixa o filho com a esposa, que recebe o carinho dos convidados e padrinhos. Devoto desde muito jovem, o pai quer saber como proceder para que seu primogênito cresça num caminho de fé, prosperidade e missão.

O padre, velho amigo daquele organista negro, queria apoiar o pai de primeira viagem, que quase foi impedido de ter filhos na juventude, pois achava que tinha vocação para a vida clerical. Descobriu-se, porém, alguém de múltiplos talentos.

O destino de um filho é sempre a maior preocupação dos pais. O padre já estava acostumado com aquela pergunta, para a qual tinha respostas padrão, mas para alguém tão especial teve uma palavra diferente. "Um filho é, antes de tudo, parte de nós, mas são pessoas únicas e precisam percorrer um caminho próprio, guiado por Deus, pelos pais e pelos beneplácitos da vida. Seu filho, meu amigo, tem grandeza na trajetória, mas talvez de forma oposta da que você desejar."

Trouxe o bebê um sobrenome mais forte do que seu primeiro nome. De certa forma, isso o aproximava ainda mais do pai e por onde fosse na vida, seus feitos estariam ligados...

A mãe, ao ouvir do marido as palavras que o estimado padre da Igreja do Rosário dos Homens Pretos lhe dirigiu, ficou incomodada. O bebê Correia percebeu porque, enquanto mamava, começou a mordiscar o seio da mãe e ao que ela reagia, voltava a sugar normalmente e depois engasgava. O desconforto com o futuro estava posto para a família inteira.

O pai era um homem fiel à fé que o encaminhou na vida desde a infância, acolhendo-o após a orfandade e proporcionando-lhe educação. A mãe seguia a mesma fé que o marido, mas não deixava de lado outras espiritualidades e vendo a preocupação dele, com seu consentimento, levou o pequeno Correia a uma rezadeira famosa e de confiança. Num bairro afastado da capital paulista, dona Helena repetia o tempo todo: "Eu rezo, quem benze é o padre."

A mãe sentou-se com o bebê no colo, a senhora colocou a mão na cabeça da criança e fez a primeira reza. De olhos fechados, a mãe acompanhou o ritual, que era visto pelas outras pessoas à espera de sua vez no quintal. A mãe explicou a necessidade de saber os destinos da criança. Era 1965, tempos complicados, dona Helena era alguém que lhe daria uma orientação de mãe para mãe. A rezadeira buscou dentro de casa a imagem de Nossa Senhora Aparecida e uma bacia com água. Na frente da mãe e do bebê, colocou uma colher de açúcar e outra de sal, pediu que deixasse a criança nua e a lavou inteira naquela água. Correia se manteve tranquilo ao ser segurado de barriga para baixo pela senhora, que não parou suas rezas em nenhum momento. Mas às vezes ele abria os olhos fazendo uma careta.

A mãe rezava junto, com medo do que aquelas expressões poderiam significar, apoiada pela santa como se fossem cúmplices. Ela acreditava que a vida dependia de cada um, mas também de augúrios da sorte, estar no lugar certo e na hora certa, como quando conheceu o marido, pouco antes de ele entrar no seminário. Aquele homem devoto, sensível, que escrevia, se mostrava muito mais interessante do que os outros que ela conhecia. A família que formaram era um espaço de amor e o fato de ele ter saído de uma cidadezinha no interior e ter conseguido publicar livros, ser jornalista e lutar pela gente preta, dava-lhe certeza de que com ele podia sonhar um futuro melhor, não só para os seus.

Dona Helena a tira de seus pensamentos ao dizer que o pequeno Correia sempre precisará de muitas rezas porque pagará um preço pelo sucesso, mas ela não consegue entender o porquê, o que deixa a mãe desolada. A senhora a tira do quintal com a desculpa de secar a criança do lado de dentro da casa, para não pegar vento nem quebranto, mas ela quer mesmo é se afastar daquelas pessoas. Enquanto a mãe veste o bebê, a rezadeira insiste que ela vá à casinha branca de chão batido e arruda na frente. "Subindo o morro no fim da rua, procure por Mãe Sussu, diga que fui eu quem a enviou e peça para que jogue os búzios para o pequeno Correia."

Subindo o morro com o filho nos braços, só pensa que o marido não consentiria essa consulta. Então decide que perguntará algo a mãe de santo para testar seu caráter e se a resposta for correta, confiará nela. Ainda faltando umas três casas para chegar na Mãe Sussu, o cheiro de arruda a deixa mais ansiosa para o encontro. Depois das batidas, quando a porta se abre e revela a ialorixá, sua aparência é elegante e inspira dignidade. Veste uma blusa branca com os muitos colares de contas azuis pendendo, com um tecido estampado de cores terrosas feito às vezes de cinto, emoldurando a saia longa de renda branca. Seu rosto é austero, mas de mulher jovem, do mesmo tom de preto do bebê e sua mãe; no cabelo tem panos brancos que protegem a cabeça. A mãe fica intimidada, mas mesmo assim, lança o desafio. "Meu marido me bate, mate ele, eu dou o que quiser." A resposta veio de pronto. "Minha filha, eu não posso fazer isso, porque eu só vim ao mundo pra aconselhar e pra botar a mão."

"Oh, minha mãe, me perdoe o pedido, precisava ter certeza. Vim a mando de dona Helena pra que veja o que o futuro reserva para meu filho. Ela pressentiu um nó em sua vida, mas não o entendeu bem, disse que só Mãe Sussu conseguiria isso. Por favor, me ajude!" Ao entrar na casinha e pisar no chão batido, é como se estivesse num mundo diferente e encantado; há objetos ali que simplesmente não consegue compreender, ao mesmo tempo, seu olhar insiste em esquadrinhar cada centímetro daquele espaço. A mãe de santo coloca arruda com delicadeza entre seus seios, as duas estão sentadas em esteiras no chão; no meio, um balaio, o bebê dorme tranquilo no colo de sua mãe. Ao retirar um a um os búzios de onde estavam guardados, Mãe Sussu, concentrada, faz o jogo e observa a mãe e a criança à sua frente. "Ele acha que *sê macota*, mas num há de ser, como ninguém quer." "Não entendo, minha mãe." "Pense que a mãe, o pai e a criança tão numa encruzilhada, todos vão ter sucesso em completar o caminho dali, mas em rumos opostos, vocês pra um lado e ele, pra outro." A mãe olha para baixo, para sua criança. "Não é tudo. Haverá de ter um momento onde uma escolha precisará ser feita, não só por ele, mas pelo pai também, num há de ser fácil."

O pequeno Correia irrompe num choro diferente: não é de fome, nem de higiene, é sofrido. A mãe deixa algumas lágrimas escorrerem sobre o filho, enquanto o aperta desejando que não cresça, que esteja sempre em seus braços, ao redor do amor de mãe e longe das crueldades do mundo.

Quando o pai pega o filho nos braços para trocar a fralda, assim que a mulher chega, sente um cheiro diferente no ar. Ela percebe isso. "Dona Helena disse algo que é duro, mas importante de saber, precisamos rezar muito, ele terá um bom futuro, bem-sucedido, mas o sucesso terá um preço, meu bem, e nos levará a ter de fazer escolhas difíceis." O pai olha para mulher como quem diz: "eu sabia que havia alguma coisa", sem nem imaginar onde seu filho estava para saber de seu destino. Resignado, ele abraça a mulher e assim os dois envolvem o bebê Correia.

*

Correia, o homem feito, continua sem cabelos. Formado em jornalismo, ele trabalha em redações de prestígio, trazendo orgulho à família, que cresceu: o primogênito teve mais dois irmãos e uma irmã. Porém, todo o sucesso projetado não veio; ele era um jornalista comum, não escrevia matérias que repercutissem no país, nem era chefe de grandes redações ou referência para os pares, pelo menos não no jornalismo. Correia conseguiu trabalhos que remuneravam bem e em bons lugares, mas não se destacava. Não fazia amizade nesses ambientes, os colegas sabiam muito pouco sobre ele, que preferia dessa forma. O máximo de intimidade era falar da rotina na academia, que frequentava religiosamente, e da alimentação regrada, que se somava ao aos exercícios físicos em sua luta por um corpo ideal.

Na academia era comum que os frequentadores se admirassem no grande espelho na parede e fizessem fotos para colocar nas redes sociais, principalmente no Instagram, com a *hashtag* "#tapago" ou "*#nopainnogain*". Correia gostava de malhar perto do espelho, mas sua rede social favorita era o Twitter. Frequentemente era abordado por pessoas na academia, que vinham comentar sua última pedrada na esquerda ou naqueles que chamava de "afromimizentos". Em poucos caracteres, Correia era um mestre da boa redação. Tinha milhares de seguidores naqueles tempos da República, em que imperava o presidente muitas vezes chamado pelo nome de um palhaço famoso. O *tweet* "Se você é preto e tem orgulho do seu cabelo, além de ridículo, será sempre um fracassado a serviço do vitimismo." teve milhares de curtidas e gerou muitas risadas na academia, já que Correia era careca.

A atenção que recebia ali levou Correia a encarar a mulher que não tirava os olhos dele e acreditar que seria mais uma seguidora que o havia reconhecido. Quando a viu indo beber água, parou sua série na hora e foi atrás. Alcançou-a no bebedouro e, sem perder tempo, a chamou para tomar um café depois da academia. Ela aceitou, se apresentou como Dani e confessou saber quem ele era das redes sociais. Ele logo perguntou se ela era uma preta revoltada como as que ele criticava ou se era uma cidadã negra brasileira. Ela devolveu um: "Mas isso não é óbvio?" e passou a mão nos cabelos.

Foram para o apartamento dele, e lá, ela encontrou alguns livros na sala e começou a folhear. Com exceção de um do Olavo de Carvalho, todos eram do mesmo autor. Entre as páginas que virava, viu dois versos de um poema destacados de amarelo: "Eu tenho dentro em mim anseio e glória / que roubaram a meus pais." Ela devolve o livro ao lugar. Correia pai tinha sido um autor bem estabelecido, principalmente na literatura de autoria negra, ideologicamente oposta ao outro autor com quem dividia aquele espaço. No canto da sala, um altar, uma imagem de Nossa Senhora Aparecida, uma Bíblia e uma bandeira do Brasil.

Correia chama Dani para conhecer o resto da casa, no quarto dele o notebook está aberto em seu perfil no Twitter. Ele escreve: "Não existe racismo no Brasil" e, tentando impressionar Dani, comenta que vai causar com a frase. Mas ela pede para revisar e escreve apenas uma palavra a mais: "estrutural". Faz toda a diferença. Ele gosta, aperta "enter" e faz um carinho no cabelo dela.

Na academia não havia quem não apontasse a união daquele casal.

Correia era alto, careca, musculoso e muito elegante, sempre de traje social fora da academia. Dani tinha um cabelo liso muito brilhante, usava roupas equilibradas, estava sempre bonita, mas não destacava demais o corpo. Desde que ficaram juntos, os tweets de Correia, com contribuições de Dani, começaram a entrar nos *Trending Topics* e a sair da bolha por serem muito polêmicos. Era mandar uma atriz ir para África ali, chamar militantes negras de pretas *fake* aqui, mandar outros para a senzala de esquerda. Ele passou a ser notado por muitos e no trabalho, alguns colegas não suportavam nem ficar no mesmo espaço que ele. Mas isso não o afetava. O sucesso no mundo virtual já era mais visível no mundo real. Não eram só seguidores que o elogiavam. Estava chamando a atenção de políticos.

Dani sempre acertava o alvo, e o perfil de Correia ia de vento em popa, até o dia em que ele foi notado por um político do alto escalão do governo e convidado para ser presidente da Fundação Quilombo. O órgão que deveria preservar os valores culturais, históricos, sociais e econômicos decorrentes da influência negra na formação da sociedade brasileira passou a ser ocupado e gerido por alguém que negava a necessidade de existir do movimento negro, mesmo seu pai tendo feito parte dele.

Quando assumiu o cargo, teve poder para retirar qualquer apoio às comemorações ao Dia da Consciência Negra, apagou nomes importantes da memória da resistência negra brasileira, tentou alterar o logotipo da instituição, representado pelo machado de Xangô, e no Twitter seu alcance aumentou ainda mais.

Meses se seguiram sem que nada o abalasse, com Dani do lado conseguindo as melhores frases curtas possíveis, o casal seguia bem. Ela nos bastidores e ele em público, aparecendo, sem ela, em todas as fotos com a nata da extrema direita do país.

A mãe já havia falecido, não tinha mais como acompanhar todo aquele sucesso. Ele tinha vontade de ligar para o pai, mas as constantes comparações que faziam com ele o incomodavam, tendo cortado relações depois que o pai disse publicamente que desaprovava seus atos à frente da Fundação.

Até que o movimento negro, que ele chamava dia sim, outro também de "escória maldita formada por vagabundos", conseguiu acionar a ONU contra Correia por violação de Direitos Humanos. Aí o caldo entornou e ele realmente começou a bambear em seu cargo. Correia acreditava que um tweet bombástico poderia frear as ações contra ele, recolocá-lo no controle da narrativa. Precisava da sua fada das frases curtas!

Em desespero, foi ao apartamento de Dani sem avisar, não tocou o interfone, subiu direto no prédio sem porteiro. Ao chegar na porta dela, ouviu vozes, parecia que Dani conversava com um homem. Correia colou o ouvido na porta e ouviu sons de beijos e gemidos. Confuso, não queria acreditar na única conclusão óbvia. Era um corno.

Logo vem a consequência imediata: sem Dani, sem tweets matadores, sem influência, sem o cargo político. O que ele poderia fazer? O melhor é fingir não saber de nada e manter o que conquistou.

Quando pensa em ir embora, vê uma correspondência embaixo do tapete da entrada, o nome não aparece completo, porque parte do envelope está encoberto, mas dá para ler: "DAND". Correia pega o envelope e lê incrédulo o nome daquela que o levou mais longe do que ele podia imaginar: DANDARA.

Novos desastres se seguiram nos dias seguintes.

Correia não tem a força retórica de antes. Seus tweets não viralizam mais. Ele perde seu cargo. Os políticos, brancos, a quem se aliou, não gastam capital político por ele. Nas redações, ninguém o quer. Na academia, muitos viram as costas.

Na internet, Correia descobre que Dandara existe, ela agora é uma liderança do movimento negro, sempre foi ativista, mesmo com o cabelo liso. Parece confuso, mas Correia explica: "A mulher do falso herói, aquele da sedição da Serra da Barriga, essa nunca existiu, nenhum documento português diz seu nome, mas a minha Dani, minha fada, de carne e osso, na verdade nunca existiu como idealizei, ela era uma preta *fake* de codinome dito revolucionário. Ela foi uma ilusão e também minha ruína!"

*

O pai tocava no piano uma música católica muito conhecida, que abençoa as famílias. Sua casa no subúrbio é cheia de livros. Quando termina, a netinha pede que leia uma historinha. Ele vai em direção a ela, mas para ao ouvir alguém batendo a porta.

Qual não é a surpresa do pai ao ver o filho Correia em sua frente com cara de cachorro que caiu da mudança. Nenhum dos dois fala nada. Um momento desconfortável se dá. O pai abre caminho para que o filho possa entrar. A porta se fecha. No chão, crescidos próximos à porta, alguns ramos de arruda.

Todos os presságios se haviam cumprido exatamente.

DENISE LIMA

Denise Lima é jornalista com formação pedagógica. Fez cobertura da feira inaugural de 2012 na Flup e, desde 2016, participou como escritora de cinco de nossas coletâneas, tendo um conto editado na França e outro traduzido para o inglês.

Uma especialista

Texto inspirado no conto "Um especialista"

Orientação: Beatriz Resende

Nasci no Recife, na Avenida João de Barro, perto do Hospital de Santa Águeda. Me chamo Alice, como a famosa personagem de Lewis Carroll. Minha mãe disse que queria que eu soubesse, de cara, que o mundo é oposto à maravilha. Mal sabia ela que a história a inspirar o livro era sobre loucura, abusos de todos os tipos e drogas. Achei até profético.

O consenso é que eu sou uma perfeita mistura da beleza do corpo preto de mamãe com a simetria do rosto e o temperamento obstinado de papai. Alguns diriam que puxar o que quer que fosse do "comendador" era uma maldição. Afinal, ele roubou a herança de minha mãe e fugiu, sem olhar para trás, poucos meses após meu nascimento e a morte de vovô, único que punha o imigrante português no cabresto.

Talvez por nunca ter confiado no genro, colocou o sítio pelas bandas de Olinda, onde morávamos, em usufruto meu. Ou quem sabe tenha sido conselho de meu padrinho Hildebrando, doutor em direito? Homem íntegro e sempre à disposição de mamãe. Só sei que essa ação nos livrou da fome e da sarjeta; após o roubo, arrendou-se parte do mesmo e conseguimos viver de forma modesta. Apesar disso, passei dezoito anos da minha vida ouvindo de mamãe coisas como:

– Toma cuidado, minha filha, toma cuidado. Esses homens só querem nosso corpo por segundos, depois vão-se e nos deixam um filho nos quartos, quando não nos roubam, como teu pai fez comigo.

– Estude, porque sua herança o maldito de seu pai levou.

– Se eu soubesse onde o cretino está, mandaria encher de tiros.

A tal da herança se resumia a uma vaca, um cavalo e uma casa na capital. Mas, para libertar papai de uma vida classe média baixa ao lado de uma mulher por quem só tinha atração sexual, foi o bastante. A raiva virou uma doença na vida de mamãe e, à medida que crescia, seu organismo definhava. Até que o coração partido a matou numa manhã, de forma silenciosa e solitária, aos pés da cama, com a garrafa de café e um copo ao lado. Cena que encontrei ao chegar da faculdade e que me jogou em luto intenso, seco de lágrimas.

Fiquei um tanto perdida e me agarrei ao passado de minha mãe para construir meu futuro. Não vou fingir para ninguém ser uma pessoa fácil de lidar, porque nunca fui, nada me demove das metas que persigo. Conforme o tempo me arrastava com ele, entendi que teria que passar por cima de uma falsa moral para atingir meus objetivos e ninguém iria me parar.

No primeiro ano sozinha, burlei sei lá quantas leis tentando localizar o safado, hackeando sites. Mas deixei um rastro eletrônico e fui pega nesse descuido e condenada por crime cibernético. Foi quando vim parar na casa do meu padrinho para ter supervisão, condição imposta pelo juiz que cuidava de minha custódia, uma pena de um ano convertida em dez meses de trabalho comunitário, ensinando informática para crianças carentes.

Quando ouvi a sentença, achei até que os Orixás estavam me abençoando, com Exu abrindo portas para eu realizar meus propósitos. Veja bem, a família do padrinho é riquíssima, com forte influência social. Ele arquitetou meus próximos passos, de forma severa e piedosa ao mesmo tempo.

Não foi uma vida fácil, mas acabei ficando na casa até meus vinte e seis anos, lapidei meus dotes corporais e intelectuais. Sou alta, esguia, cabelos negros bem escorridos, olhos pardos, nariz não muito afilado, boca breve, pequena, com uns lábios roxos, bem quentes. Bonita e sem exotismo, a herança de brancos, indígenas e pretos muito bem distribuída e equilibrada, o que permitiu me misturar de forma discreta com os outros membros da família. Honrei a todos me destacando nos estudos e fui honrada por eles com a proteção financeira que meu genitor me negou.

Eu queria passar a impressão de equilíbrio total e aproveitei para lapidar meu talento matemático, terminar o curso de Ciência da Computação e concorrer a uma bolsa de mestrado para o mundo da tecnologia de ponta, mudando para a Cidade Maravilhosa, sempre centrada em descobrir o endereço de meu pai, que localizei nas redes sociais.

Passados os anos, eu ainda estava obcecada por essa história dele, de roubo, abandono e fuga. O apoio jurídico não chegou à minha mãe, mas quem sabe uma reparação póstuma não fosse possível? E, ao contrário dela, eu achava que a morte era pouco para ele. Essa gente tem o coração no bolso!

O comendador Mota agora era membro respeitado na sociedade carioca, casado, pai de duas filhas e tinha um sócio, o amigo coronel Carvalho. Fico impressionada como essa gente exibe tanto de si, sem preocupação nenhuma, mesmo ou apesar de ter "corpos no armário".

Enquanto isso, no Rio de Janeiro, sem saber que eu chegaria como um furacão em suas vidas, todas as tardes após o trabalho, o comendador e o coronel jogavam um carteado no Largo da Carioca, esperando a hora de abrir as whiskerias executivas com massagem, trocando confidências de seus inúmeros pecados e falcatruas: conquistas amorosas, a bolsa de valores e política. Eles juntavam, muito e sabiamente, amor e dinheiro.

O pior disso tudo é que, apesar de seus atos questionáveis, eu admirava seus feitos, tanto os que apurei quanto os que a mídia divulgou, como o escândalo de notas falsificadas que foi abafado mais rápido que a viagem para resolver a gravidez da filha solteira.

O coronel Carvalho era exímio administrador, a origem de seu patrimônio veio da especulação imobiliária na zona oeste. Inicialmente, Barra da Tijuca e Recreio, no tempo em que as terras eram um meio descampado e ele, um iniciante no exército. Hoje, cinquentão e viúvo sem filhos, vive vida de playboy.

O comendador Mota, por sua vez, ao chegar do Recife, com vinte e quatro anos, formado contador e com algum dinheiro no banco, abriu escritório no Centro da cidade e escolheu muito bem uma herdeira branca e com as mesmas tradições religiosas que as dele para se casar, dinheiro forte e algumas fontes para lá de ilícitas, com umas padarias lavando a grana.

Quando ela se deu conta, tinha duas meninas prendendo-a em casa e o marido com as finanças nas mãos. De família tradicional, provavelmente não pensou em divórcio aos primeiros sinais de chifres, mas recolheu-se com suas joias em segurança para o futuro das filhas, no cofre do banco, longe dos arroubos do marido.

Perceba que descobrir tudo isso não foi fácil, usei muito poder de sedução, conversas com porteiros, amizade temporária com pequenos funcionários dos escritórios e lojas. Até usei um detetive meia boca e analógico, bom para aquelas informações de cartório que não se acham com tecnologia.

Encontrei a brecha moral do meu pai com a velha e boa tocaia: o comendador era afeito ao *swing* e seu fetiche eram garotas pretas que faziam programa e o acompanhavam nesses clubes, que danadinho! Uma boa parte de sua grana era sorvida nesse sumidouro carnal e, às segundas-feiras, os amigos batiam ponto no Clube Mix, abrigado em um prédio histórico de três andares, em frente à Bolsa de Valores do Rio.

Eu sinto um prazer quase mórbido quando vejo os pés de barro desses ditos cidadãos de bem, que constroem suas fortunas pisando, matando, desiludindo famílias inteiras e ainda querem "sair bem na foto". Era a hora de eu começar a agir. *Daddy, here we go!*

Acionei o escritório de advocacia que meu padrinho indicou no Rio, de propriedade de parentes distantes dele, mas de uma competência e lisura acima da média, e movi um processo pedindo indenização por abandono parental e fraude no processo de herança dos bens de mamãe.

Em quinze dias, o circo estava armado: joguei na mídia a minha existência e figurei como a filha mais velha do comendador. Eu queria ser uma mosca naquela casa, saber como foi justificada essa meia irmã preta e não bastarda, que abriu a boca para aquela parte da imprensa que é ávida por fofocas.

Ao ser procurada para um acordo risível, que não daria nem para um carro decente, neguei e pedi uma reunião num almoço no restaurante favorito do meu velho que, para minha surpresa, foi concedida. Fiz um retrato mais orgulhoso do comendador ou será que ele tentaria uma jogada de mestre, um blefe emocional? Dele, eu poderia esperar tudo. Ele chegou um tanto transtornado, cara de que dormia mal há dias.

– Então, finalmente consegui sua atenção! – falei a primeira coisa que veio à cabeça, mas confesso que queria abraçar aquele homem meio desconcertado à minha frente.

– Alice, na verdade eu nem sei porque aceitei vir. Minha vida virou um inferno com seu processo, os jornalistas revirando cada canto da vida da minha família.

– Mas eu também sou sua família e você resolveu me esquecer no passado. E se tem uma coisa que o passado faz é dar nova vida aos nossos fantasmas, papai!

– Qual o seu propósito com isso tudo? Reconhecimento, fama? Já conseguiu. Amor, não tenho para dar, nunca tive. É essa a verdade que você queria ouvir? Não me importa quem você seja: não tive, não tenho e não terei amor para te oferecer.

– Isso não é problema para mim, também não te amo. Mas uma parte minha ficava perguntando se haveria algo a admirar, algo que mudasse o deserto que existe em mim desde sempre e que minha mãe aplacava um pouco.

– E sua mãe, como está? – o comendador perguntou, entre constrangido e curioso.

– Bem melhor que nós dois e esse nada que nos vincula. Está morta há oito anos!

– Sinto muito!

– Não sinta, de verdade. Ela parou de sofrer, de ter ódio de você, de me machucar sem querer com os efeitos de sua ausência em nossas vidas. Mas podemos falar de negócios?

Nesse momento, meu pai se agita. Estava visivelmente desconfortável.

– Alice, eu fiz a você uma proposta para lá de razoável e você negou. O que quer mais?

– Paizinho querido! Você é uma afronta para minha inteligência. Vou falar bem baixinho para não te comprometer – nesse ponto eu sussurro, irônica. – Vou deixar na mesa para você uns documentos e fotos que seriam um banquete para os jornais. Me pergunto de qual escândalo eles iriam gostar mais: o sexual ou o financeiro? Ou talvez eu devesse entregar um dossiê para a federal? Soube que estão buscando uma prova definitiva contra você. Abra e me diga quanto tudo isso vale, sem ser pão duro!

Juro que percebi um leve tremor nos dedos que tocaram o conteúdo do envelope. Ele analisou um por um, escreveu uma cifra e me passou. Ali, ele resgatava os anos de vida medíocre que vivi, enquanto minhas irmãs viviam sonhos de princesa. Fizemos o acordo de cavalheiros e nosso contato morreu ali.

Para o leitor, pode parecer que me vendi e desonrei a memória de mamãe. Mas veja bem, sou um produto perfeito do meio em que vivo e, de mais a mais, os amigos de papai poderiam dar um jeito em mim a qualquer momento; bastaria ele pedir e ele não pediu. Levei em consideração! Eu te avisei, lá atrás, que não sou fácil e essa minha história é sobre reparação. Antes de partir, ele reconheceu:

– Definitivamente, é minha filha!

EDUARDO BRANCO

Eduardo Branco tem 32 anos e é um ilustrador, cartunista, comediante e roteirista nascido e criado em Belford Roxo, município localizado na Baixada Fluminense do Rio de Janeiro.

Nos últimos anos trabalhou na redação de diversos projetos de animação, cinema e televisão, como o programa "Greg News, com Gregório Duvivier" (HBO), onde é um dos redatores de humor desde 2020.

O homem que falava estupidez

Texto inspirado no conto "O homem que sabia javanês"

Orientação: Henrique Rodrigues

Em uma confeitaria, certa vez, enquanto degustava e se lambuzava de um pão recheado com leite condensado, sua comida de predileção, o capitão Djair utilizava seu limitado vocabulário pra contar ao seu amigo, o policial e integrante de milícias Munhoz, como conseguiu a respeitabilidade e admiração de seus pares e seguidores fiéis ao longo dos anos.

Houve mesmo diversas ocasiões, quando esteve com o microfone na mão à frente de multidões por todo o país, em que Djair, diante de um questionamento mais elaborado, uma pergunta que necessitasse um pouco mais de esforço mental do que estava habituado – que já não era muito – se viu forçado a sair pela tangente com uma resposta genérica, tipo "Vou resolver isso daí, tá okay!" para não perder a confiança que os espectadores há muito lhe depositavam. Essa parte ele não contava.

O amigo Munhoz ouvia calado, com um sorriso de canto de rosto e concordando com tudo que Djair dizia, como o exímio puxa-saco que era, até que, em uma pausa da conversa, observou a esmo:

– Tens levado uma vida patriótica, meu amado capitão Djair!

– Ah, sabe como é, né? A gente faz o que pode. Mas essa questão daí de ocupação pública não é pra qualquer um: sair de casa a certas horas, voltar a outras, acenar pras pessoas, abandonar entrevista coletiva depois de discutir com jornalista, isso tudo aborrece, não acha? Não sei como aguentei tanto tempo lá, na Presidência!

– Cansa, né? Mas não é isso que mais me admiro. O que me admira é que tenha conseguido tantos seguidores fiéis que o glorificam por todo este Brasil, muito mais na região sul e sudeste, claro, mas que o levaram à Presidência da República.

– Olha, caro Munhoz, minha vida daria um livro interessante. Eu preferia até que tivesse bastante figuras, ou aquelas ilustrações pra gente colorir, porque livro quando tem muitas palavras me dá dor de cabeça. Mas eu não sei nem por onde começar. Imagina tu que já fui professor de Educação Física?

– Quando? Antes ou depois do senhor ser preso por querer colocar uma bomba no quartel?

– Essa parte eu prefiro que não esteja no livro, inclusive, vou decretar sigilo nisso daí, tá okay?

– Perdão, capitão. Mas conta lá como foi. Come mais um pão com leite condensado?

– Como.

– Como o quê?

– Como outro pão.

– Ah, sim.

Mandaram buscar outro pão e uma cerveja pra Munhoz.

– Eu tinha chegado havia pouco ao Rio – Djair continuou – logo após me formar na Academia Militar e ter me graduado pela Escola de Educação Física do Exército. Precisava de uma renda extra, sem saber onde e como ganhar dinheiro, quando li o seguinte anúncio: "Precisa-se de professor de Educação

Física." Epa, disse cá comigo, isso eu consigo. Me apresentei, consegui a vaga e fui mandado embora na primeira semana porque me pegaram dormindo no trabalho.

Alguns segundos de silêncio entre os camaradas, até que Munhoz intervém.

– Mas já acabou a história?

– Já. Eu não disse que era uma história longa.

– Perdão, capitão, mas o que isso tem a ver com a sua chegada à Presidência?

– Ah, era sobre isso que você tinha comentado, né?

Mais alguns segundos de silêncio se passam enquanto Djair, olhando fixamente para a parede com um olhar meio paranoico, parecendo fazer uma reflexão sobre sua vida e os acontecimentos que o levaram até a posição de presidente que alcançara e que até recentemente ocupara. Pelo menos é o que parece, até porque nunca dá pra saber o que se passa na cabeça confusa de Djair. Muitos de seus seguidores o admiram por ele "falar o que pensa", mas o problema é que ele parece que não pensa muito antes de falar, e por conta disso, acaba quase sempre falando bobagem. A paranoia e a constante mania de perseguição que o acometem não são exclusividade do capitão. É algo que se vê em muitos dos seus companheiros mais velhos de farda, um exército que, por não estar acostumado a lidar com guerras, possui em seus quadros muitos generais de pijama que precisam ocupar seu tempo escolhendo as próteses penianas e outros medicamentos que venham solucionar seus problemas pessoais de disfunção erétil. Talvez esteja aí a origem do lema da ditadura: "Pra frente, Brasil!".

De repente Djair desperta de seu estado alucinatório e num susto grita aos quatro cantos da confeitaria:

– Malditos comunistas!

– Onde, capitão? Cadê eles?

– Em toda parte!

Munhoz se apressa pra buscar um copo d'água a fim de acalmar o capitão, mas sem açúcar, porque, com o tanto de leite condensado que ele já tinha ingerido e que circulava em suas veias, poderia atacar a diabetes.

– Toma um gole dessa água aqui, capitão.

– Mandachuva. Me chame de mandachuva, tá okay?

– Ao seu dispor, Mandachuva!

Desde que fora derrotado vergonhosamente nas últimas eleições e defenestrado do cargo de presidente as alucinações de Djair se intensificaram. Até agora não entrou em sua cabeça, mesmo com tanto espaço disponível, o fato de que a maior parte da população não quis mantê-lo no cargo por mais tempo depois de seu primeiro mandato. Durante os quatro anos em que esteve no comando da nação, os únicos seres vivos que se beneficiaram das ações do presidente foram os vírus, que se espalharam como nunca antes na história do país, pois apesar de acreditar no fantasma do comunismo, Djair não acredita em vacina, em cientistas, em filosofia, em história, sociologia e em praticamente todo conhecimento científico acumulado pela civilização ao longo dos últimos séculos.

– Doutor Mandachuva, o senhor quer algum remédio pra dor de cabeça? Uma Dipirona?

– Isso é remédio de maricas. Não funciona pra mim. Qual é o nome daquele que eu gosto que termina com "ina"? Estricnina? Colombina? Cloroquina?

– Isso! Será que tem algum aí? Eu andei tomando aquele pra verme, mas acabou me fazendo mal.

– Vou ali ver e já volto, amadíssimo Mandachuva!

Mesmo sendo chamado de Mandachuva por seus admiradores, Djair permitiu e facilitou que mandassem fogo nas florestas da Amazônia, do Pantanal, da Mata Atlântica, prejudicando de maneira igualitária todos os biomas desse imenso país. Incentivou que criminosos invadissem as terras indígenas pra saquear o ouro, arrumou confusão com os líderes de várias nações ao redor do globo terrestre, que muitos dos seus seguidores acreditam não ser um globo, e sim um disco plano que flutua pelo espaço. Fora do cargo e abandonado por muitos dos que o apoiavam em seus dias de glória, Djair ainda se preocupa com a possibilidade de ter que ser julgado e responsabilizado pelos crimes que cometeu, e ser responsabilizado por qualquer coisa que seja é algo com que ele, como militar, vereador, deputado e presidente, jamais se acostumou.

Ao perceber o abatimento de Djair, Munhoz tenta acalmar seu amado líder, atiçando o patriotismo do homem:

– Mandachuva, não fica assim. O Brasil ainda vai sentir sua falta.

– Cê jura?

– Claro que sim. Mas ó, por que não aproveita e fala mais sobre como chegou à Presidência?

– Por que motivo mesmo que você não acompanhou minha campanha?

– Nessa época eu tava foragido e me escondendo da Justiça. Sabe como é, né? Hoje em dia não dá nem pra ser da polícia e cometer uns crimezinhos aí por fora, que o pessoal fica cheio de mimimi.

– Sei como é, sim. Esse pessoal da Justiça e do juridicamente correto ainda vai afundar a nossa grande nação.

Por muitos anos, antes de ser eleito, Djair conseguiu viajar pelo país angariando vários fãs, utilizando todo o tempo livre que tinha por não fazer o que precisava e que seu cargo de deputado exigia. Com um discurso de defesa da pátria, da família, dos valores tradicionais e dos valores em espécie, foi conseguindo o apoio de gente importante e com muitos recursos, que se identificava com as ofensas, preconceitos e absurdos que ele proferia e que enxergava naquela figura de militar aposentado e com a boca murcha, alguém que poderia salvar a nação dos compatriotas que eles queriam ver longe do país que julgavam só deles.

– Nunca mais esse Brasil vai achar alguém que defende a família como eu.

– Mandachuva, você não se casou três vezes? Quando você diz "defender a família", de qual delas você tá falando?

– Não interrompa meu raciocínio, Munhoz!

– Não tá mais aqui quem falou, Mandachuva.

– Mas você tá aqui na minha frente ainda. E se você sair eu fico falando sozinho.

– É força de expressão, senhor.

Entre os que apoiaram Djair em sua campanha e que investiram muito do seu dinheiro para que ele alcançasse o posto de presidente, estava uma figura pela qual Djair ainda tinha muito apreço, um velho careca chamado Djavan, conhecido por todos pelo apelido de Velho Djavan, que até era um pouco mais novo que Djair, mas deve ter pegado muita maresia e muito sol sem protetor solar, pois tinha uma fisionomia triste de se ver, de abatido pela vida. Djair também possui as mesmas características, com exceção do fator calvície, que possivelmente agravou a situação do Velho Djavan. Famoso sonegador de impostos e também por suas vestimentas, que lembravam as penugens de um papagaio, costumava andar pra cima e pra baixo com Djair.

– Que saudades que eu tô do Velho Djavan!

– Eu tô aqui pelo senhor, Mandachuva! – exclamou Munhoz, enciumado.

Djair é abstêmio, mas a essa altura estava embriagado pelas lembranças dos dias em que achava que tinha tudo e que achava também que podia tudo sem sofrer nenhuma consequência. Por acreditar que homem não chora na frente de outros homens, prefere fazer isso trancado no closet de sua mansão. Ao notar que as lágrimas estavam querendo sair da fossa lacrimal de Djair, Munhoz pede a conta.

– Deixa que eu pago, excelentíssimo Capitão Mandachuva.

– Vamo dividir, pô. Sabe como eu gosto de uma rachadinha.

– Então tá. Olha: se não fosse capitão aposentado e ex-presidente, sabes o que ia ser?

– Quê?

– Bacteriologista, evidentemente não. Vamos?

– Vamos.

ESTEVÃO RIBEIRO

Estevão da Matta Ribeiro nasceu em Vitória/ES em 1979, é pai das gêmeas Sofia Leonora e Guilhermina Vitória, além de escritor, roteirista – de histórias em quadrinhos há 22 anos e audiovisual há 10 anos – e jornalista gráfico. Tem em torno de 200 mil livros vendidos, divididos entre livros infantis, romances e histórias em quadrinhos. É também autor da *Rê Tinta,* série de tiras e livros sobre empoderamento negro.

Trabalhou em salas de roteiro em projetos para Fox, Netflix, Multishow, Amazon e HBO. Entre seus trabalhos autorais está um filme natalino em desenvolvimento com a Paramount+ e uma série animada para GLOOB.

Queixa de um defunto

Texto inspirado no conto "Queixa de um defunto"

Orientação: Fernanda Felisberto

Antônio da Conceição, natural desta cidade, residente em vida das proximidades do Campo São Bento, em Icaraí, bairro viçoso e respeitável de Niterói, onde acaba de morrer, por meios que não posso tornar público sem manchar sua boa reputação, mandou-me a carta abaixo que é endereçada ao prefeito. Ei-la:

Ilustríssimo e Excelentíssimo Senhor Doutor Prefeito da Cidade de Niterói. Sou um pobre homem de bem, outrora portador de modestas posses conseguidas a muito suor pelos meus avós, que aqui um dia se instalaram nesta terra com promessas de uma vida melhor. Coube a mim administrá-las e quem sabe multiplicá-las, se não fosse a minha falta de ambição ou, como diria uma das minhas ex-esposas, minha total falta de competência para tanto.

Sendo assim, não tive outra função na vida senão a boca de um caixa do negócio da família. Vi paredes deteriorarem, empreendimentos se erguerem em volta do pequeno negócio herdado por mim e assim fiquei.

A cada relacionamento, cada filho posto no mundo, menos patrimônio eu tinha, até terminar assim, em um espaço alugado, graças a uma aposentadoria e uma pequena parte de herança que ainda me cabia, mas que estava já findando.

A morte me poupou da vergonha de ir para a casa de algum filho sem ambição, como eu – uma árvore não cai longe do seu fruto, acho que era assim o ditado –, e me ver na situação de sustentado. Minha morte chegou em um momento confortável para mim e para as poucas pessoas que se davam ao trabalho de se importar comigo.

Preciso dizer que não sou comunista, petista ou chavista. Nossa bandeira nunca será vermelha. Morri ouvindo o hino da Independência. Ou da Bandeira, não sei bem *diferenciar*, mas certamente morri ouvindo a marcante marcha do Coral dos Bombeiros do Estado do Rio de Janeiro.

Fui um cidadão íntegro. Tinha minhas orações à Virgem Maria e me valia do Santo de cada dia, qualquer um que pudesse facilitar o fardo que era a vida mediana, mas, sem dúvida, Deus era acima de tudo.

Acreditava na medicina, desde que a mão que comandasse o bisturi não fosse de um cubano. Ou de um cotista. Aliás, meu único dissabor foi ter que ouvir de um dos filhos que a minha situação não estaria tão grave se eu não tivesse negado ser atendido por tal profissional. Ainda bem que não precisei ouvir por muito tempo. Fui-me daquela para esta semanas depois.

Passei meus momentos finais com pensamento na Virgem, em Deus, em Jesus e nessa estranha família com a qual me identifico com José, talvez o autor do ditado "Pai é quem cria".

Portanto, meu caro Senhor Doutor Prefeito, os tostões que me sobraram puderam me dar um repouso ali em Pendotiba, mantendo-me ainda dentro dos limites de Niterói. Meu último pedido era que não parasse em São Gonçalo, onde teria certeza de que nenhum filho iria me visitar em dia de Finados. Também não acredito que eles se desloquem para Pendotiba, mas não poderão me culpar por não facilitar a vida deles.

Eu tinha a impressão, pelo meu esforço em seguir as normas que regem a vida de um cidadão de bem, que eu iria para o céu sem o menor esforço, mas creio que, devido a um erro de uma repartição sob sua competência, fui penar em um lugar que classificaria como o inferno.

Minha família achou por bem fazer o velório na Igreja da Porciúncula de Sant'Ana, em frente ao Campo São Bento. Quando foram colocar meu caixão no carro foi que começou o meu tormento:

Um bloco que tomava a avenida Roberto Silveira virou na Rua Professor Miguel Couto, atropelando a tristeza de minha partida. O bloco celebrava a vitória da eleição para presidente do candidato que não ouso dizer o nome, mas que, a meu ver, não parece patriota.

Graças à autorização expedida por sua gestão para realização da tal "Festa da Vitória da Democracia", aquela onda comunista transformou em Carnaval o dia de meu enterro. Serpentinas, fanfarras, glitter... Meu caixão recebeu uma bandeira e assim fui posto no carro.

Rumei para Pendotiba e fui enterrado sem muitas falas. A família tinha uma história para contar e acharam que qualquer fala sobre mim traria a tristeza de volta. Recebi as pás de areia com um ódio dos ignorantes, que comemoravam um retrocesso. Pelo menos era o que diziam nos aplicativos de celular.

Quando cheguei no céu, percebi os olhares risonhos de São Pedro, que não podia recriminar. Eu estava ali, todo cheio de glitter e serpentinas, como se tivesse enfartado em pleno sambódromo.

– Ahhhh! Mais um baderneiro... Estranho! Aqui dizia que o senhor era mais para o outro lado. Tinha aqui reservado um espaço em um acampamento com a sua cara, mas acho que vou te pôr alguns séculos na parte festeira, com um batuque bacana com o povo dos Direitos Humanos!

Expliquei-lhe, mas não me quis atender. Minha vaga foi instantaneamente preenchida por mais um cidadão de bem, morto de desgosto com os rumos do meu valoroso país.

Está aí como, meu caro Senhor Doutor Prefeito, ainda estou penando por sua culpa, embora tenha tido vida a mais santa possível. Sou etc. etc. Posso garantir a fidelidade da cópia a aguardar com paciência as providências da municipalidade.

EVANDRO LUIZ DA CONCEIÇÃO

Evandro Luiz da Conceição é jornalista, pesquisador, professor, escritor e roteirista. Mestre em Comunicação e Cultura pela Universidade Federal do Rio de Janeiro (UFRJ). Atualmente é produtor de conteúdo na TV Globo. Cria das oficinas de formação de novos autores na Flup, já teve contos publicados em diversas coletâneas. Participou de duas edições do Laboratório de Narrativas Negras para o Audiovisual (em 2017 e 2018) e integrou a primeira turma de formação para roteiristas negros ministrada pela TV Globo.

Em 2022, ano do centenário da morte do escritor Lima Barreto, assinou o roteiro do podcast "Lima Barreto: o negro é a cor mais cortante", do Instituto Moreira Salles e Rádio Batuta.

Independência

Texto inspirado no conto "Independência"

Orientação: Fernanda Felisberto

Fazia muitos dias que Severo relutava em sentar-se à velha mesa e enfrentar a máquina de escrever. Ele nem pensava em pisar naquele bendito cômodo frio e apertado onde repousava, abandonado, o seu antigo instrumento de trabalho.

Andava ouvindo vozes. Sempre as mesmas. Numa dessas noites intermináveis que passou em claro, ouviu a de um homem cuja alma tinha se descolado do corpo, mas ainda vagava pela terra dos viventes. Parecia estar em busca de algo e, por isso, azucrinava a mente do pobre escritor.

Por vezes, o notívago homem, no alto dos seus quase quarenta anos, desconfiava estar enlouquecendo e, por outras, acreditava ser apenas reflexo do cansaço das lutas que travava todos os dias: o aluguel atrasado há meses, as contas vencidas e fixadas na enferrujada porta da geladeira, as mal curadas dores de amores que quase lhe dilaceravam o coração e alma.

Se os artigos recusados e o desemprego abalavam-lhe os brios, uma inconveniente gastrite queimava o fragilizado estômago de Severo, a ponto de roubar dele o apetite, a tranquilidade de uma noite de sono e o pouco humor que ainda lhe restava.

Sem paciência para as novidades, Severo vivia ali enclausurado no compasso das horas que se arrastavam do nada para lugar nenhum. Tinha a companhia de si próprio, do maço de cigarro barato estocado aos pacotes e do café requentado. Espremia-se entre os livros amontoados e os velhos recortes de jornais que o faziam visitar um passado que deixou de existir.

Tropeçava nas caixas de fitas cassetes, nos muitos cadernos espalhados pelo chão e nos blocos de anotações cujos manuscritos somente ele entendia. Volta e meia interrompia o silêncio sepulcral daquele cubículo quando lia seus escritos em voz alta e transitava nu de um lado para o outro.

Severo tinha esperança de um dia vê-los publicados e, quem sabe, fazer fortuna e prestígio com o que escreveu.

Estava acostumado à solidão do minúsculo apartamento, que mais parecia um cemitério a abrigar um morto-vivo. Severo só tomava conhecimento do que acontecia no mundo quando colocava a cara preta na janela.

Na última vez que o fez, viu uma multidão trajando verde e amarelo, tomando cada espaço da gigante avenida. Nem Quaresma entenderia tanto patriotismo.

Severo achou graça do que viu, cerrou as janelas, esparramou-se no sofá e adormeceu. Quando deu por si, já vivia em outro canto.

Sexta-feira, Sete de Setembro de 1922, Centenário da Independência do Brasil. A cidade de São Sebastião do Rio de Janeiro vivia uma intensa onda de calor.

É como se o inferno tivesse se transferido para a terra e decidido firmar o logradouro permanente naquela Paris Tropical. O astro-rei parecia zangado com a sinfonia das picaretas, que botava abaixo tudo que via pela frente, e com os aterros que levavam o mar para bem longe.

A hora décima da manhã se aproximou, a Avenida Central e a Rua do Ouvidor estavam praticamente desertas. As polacas se abanavam no cais do porto esperando o "pataco" dos marinheiros e dos estivadores, as mademoiselles e os lordes encasacados se escondiam nos palacetes, nos cafés e nos sobrados em busca de uma fresca.

Nenhuma viva alma nos bondes, ninguém em frente ao Senado, ninguém na Câmara dos Deputados. Nenhuma mocinha casadoira acompanhada dos galantes rapazes de berço na porta do Cine Odeon para mais uma matinê.

Não houve naquele dia quem ousasse desafiar as altas temperaturas, a não ser os bravos ambulantes, os barbeiros de rua, as baianas com seus tabuleiros, os engraxates, os adivinhadores, os pedintes, os mambembes e os malandros, disputando cada espaço das calçadas para defender seus sustentos.

As crianças pretas se esbaldavam nos chafarizes quebrados do Passeio Público e os mendigos faziam festa enquanto se banhavam nos chuveiros a céu aberto.

– Para o circo dos horrores se completar, faltam os batuques, as danças vulgares, a macumba e a feitiçaria – disse uma dama de sociedade, indignada com a invasão, para em seguida chocar-se com a genitália exposta de um moleque em tom de deboche com a "madama".

Diante de tanto disparate, recolheu-se ao seu pavor, fechou a janela do sobrado em que vivia.

A água jorrava com força e fazia a alegria das lavadeiras, que desciam as ladeiras do Morro da Providência com as trouxas de roupas equilibradas na cabeça e se refrescavam sob os olhos atravessados dos policiais. Do outro lado da cidade, o cemitério São João Batista se preparava silenciosamente para mais um dia de romarias e peregrinações pelos jazigos para chorar os seus mortos.

O badalar dos sinos anunciavam mais um sepultamento. De longe, ouvia-se a ladainha fúnebre e desafinada das carpideiras de terço, rosário e cruz em punho:

– Acolhei, Senhor, esta alma na vossa eterna mansão, que mereça vossa palma, o vosso divino perdão. Misericórdia, Senhor! Misericórdia, Senhor! Esta alma aspira por vós, tende dela compaixão, pelo vosso infinito amor, rogai por ela, Santa Mãe de Deus, para que se lhe abram as portas do céu.

Os presentes, incluindo o capelão, a irmã do morto e quatro funcionários do cemitério, que abandonaram seus afazeres para segurar as alças do caixão até a cova, responderam em alta voz:

– Tende piedade dele, Senhor! Rogai por ele...

Severo, morto feito as flores mortas que lhes cobriam o corpo dentro do caixão, abriu os olhos – para o assombro dos que estavam à volta. Depois de dar o derradeiro suspiro, voltou a ser defunto e enfim dormiu o sono da morte.

Desceu a rasa catacumba em paz. Seus ossos se misturaram aos sete palmos de terra cavados por enxadas enferrujadas e, por fim, virou memória. Tempos depois, foi confinado no rancho dos esquecidos.

Severo deu um pulo do sofá em que adormeceu. Esbaforido, com a garganta seca e o coração aos pulos, prestes a atravessar o peito e sair pela boca, o jornalista respirou fundo e fez o sinal da cruz.

Aproximou-se da janela e fitou com olhar indiferente o estranho mundo pintado de verde e de amarelo e da pouca vergonha que tomava aquela multidão de assalto. Feito Quaresma, sentiu asco.

Cerrou a cortina, adentrou o pequeno cômodo, tomou coragem e assentou-se diante da emudecida máquina de escrever. Rascunhou a primeira folha de papel e, num ímpeto, arrancou e arremessou na lixeira.

Fez assim com a segunda, com a terceira, com a quarta, até que não coube mais nada na basura.

Perdeu a conta com tantas rasuras. Após demasiadas tentativas, Severo chegava ao escrito que julgava ser perfeito, enfim:

Meu caro Lima Barreto,

Esta pátria que tu deixaste nos tempos idos certamente te provocaria frouxos de riso e deboche se você estivesse entre nós.

E, por certo, indignação e revolta.

Depois de tanto pensar, enfim escrevo-te estas breves linhas para dizer que este país que você amava em tamanha profundidade tornou-se sufocante.

Irrespirável.

Por aqui, tudo vai mal.

A vasta comilança de sempre, os poderosos fartam-se em banquetes, chafurdam na imoralidade e nadam de braçada sobre a lama da hipocrisia.

Medíocres e desavergonhados, eles gozam de escandalosos privilégios e pasme: mamam escancaradamente nas tetas da boa e velha República.

Tem gente com fome.

Os desfavorecidos se amontoam nos barracos que se erguem nos pontos altos desta cidade e quem não tem a "sorte" de um teto, esconde-se do sol escaldante e da chuva debaixo das marquises.

Os mercadores da fé constroem nababescas catedrais e seu numeroso rebanho curva-se, acometido de estúpida cegueira, diante de um pseudomessias.

Estão queimando nossas matas, dizimando aldeias e arrastando corpos em praça pública enquanto um funesto coração mergulhado há mais de um século em éter e formol, que horror, desfila por grandes avenidas com pompa e circunstância.

Embora atônitos diante de tamanha tragédia que vez por outra assombra este país que também nos pertence, nada tem nos restado a não ser resistir e lutar, apesar do cansaço que nos abate.

Com reverência, despeço-me.

Severo Campos de Macedo

Rio de Janeiro, Sete de Setembro de 2022.

JADER MORAES

Jader Moraes é jornalista, formado pelo Centro Universitário de Volta Redonda (UniFOA), mestre em Comunicação pela Universidade Federal Fluminense (UFF) e pós-graduando em Sociologia Urbana pela Universidade do Estado do Rio de Janeiro (UERJ). Trabalha com comunicação pública e pesquisa temas relacionados à cultura popular, em especial samba e Carnaval. Natural de Volta Redonda, atualmente é morador de Vila Isabel, no Rio de Janeiro, cidade que ama e escolheu para viver há mais de uma década.

A PROSTITUTA

Texto inspirado no conto "A cartomante"

Orientação: Fred Coelho

Era um pesadelo. Ele estava brocha.

Cleomar sabia que não era a primeira vez. Aqui ou ali na juventude já tinha lhe faltado o fôlego final. Mas aquela situação era inédita: em menos de uma semana, pelo terceiro dia, falhava com sua esposa. O pau simplesmente não conseguia mais ficar por muito tempo de pé.

Na segunda-feira, se enrolou quando foi colocar a camisinha. Por que a mulher ainda cismava de usar preservativo? Afinal, já tinham doze anos de casados e nenhuma possibilidade de ter filhos. Na terça, a brochada do dia anterior ainda lhe perseguia. Quando Teresa abriu a porta da suíte com a lingerie preta, ele suou frio, pois não poderia falhar outra vez. Falhou.

Depois disso, fugiu da amada a semana inteira. Quarta-feira era sagrada por conta do jogo. Chegou tarde do trabalho na quinta. Final de disputa de samba-enredo na sexta. Sábado ia tocar em outra escola de samba. Mas veio o domingo. Ficou tenso quando a noite foi se aproximando, o sol indo embora e seu Flamengo perdendo mais uma. Jantou, olhou Teresa sentada no sofá, quase foi se deitar mais cedo. Mas tinha que comparecer, ou então o que ela ia pensar? Se não a procurava mais, devia ter outra na rua. Olhou para o pau, quase fez uma prece para ele e chamou a mulher para tomar um banho.

Debaixo da ducha quente, tudo certo. Amasso, pau duro, tesão. Foram para a cama. Ela entregue, ele viril. Era preciso acabar logo com aquilo, pensou. Tinha que aproveitar a vitalidade, meter depressa e gozar. Foi tomado pelo desespero de ter que resolver a ereção rapidamente antes que tornasse a murchar. De frente para ela, olhando nos olhos, buscou a penetração na forma mais tradicional possível. Chegou a colocar o pau – agora já meia-bomba – dentro dela, mas sentiu ele perder força até amolecer por completo.

No dia seguinte, acordou um homem amargurado. A sorte o havia abandonado. Três vezes! Estava duro, estava certo, estava cheio de vontade. Mas não estava funcionando. E essa era a razão da sua desgraça: o que um homem pode fazer sem um pau?

O homem pode perder dinheiro, perder o trabalho, perder um de seus braços ou pernas, pode perder tudo, mas não pode perder o vigor do pau. O pau ereto, apontado para o céu, é a prova de que o homem ainda está vivo. É a razão de ser e sentido maior de sua existência. O que seria de Cleomar sem um pau que funcionasse?

Caído em desgraça, passou toda a segunda-feira pensando no que fazer. Um medicamento resolveria a questão, mas era tão jovem, ainda na casa dos trinta. O mais desgraçado dos homens perdeu o dia matutando. E então um pensamento lhe ocorreu, enquanto se apertava no metrô de volta para casa: e se o problema não fosse com ele? Não, de maneira alguma queria culpar Teresa. Ela era estonteante. Um pouco tímida no sexo, é verdade, mas sempre se deram bem na cama.

Talvez o casamento tivesse entrado em uma rotina. Já sabiam os dias que iam transar, o roteiro da transa, o momento de gozar. Pensou que isso devia gerar um efeito desestimulante, mesmo que não consciente. O problema, então, não era dele, tampouco dela. Era da rotina, do casamento de uma dúzia de anos. Ficou feliz. Encheu novamente o peito. Era isso, só podia ser isso. Como prova de sua teoria, resolveu testar o funcionamento fora de casa para se assegurar de que a agrura estava mesmo na relação duradoura.

Assim que chegou ao trabalho no dia seguinte, disparou a primeira mensagem. A Rosana era uma gostosa com quem ele ficou uma vez, mas sem avançar o sinal. Nas últimas semanas, eles insistentemente curtiam as fotos e biscoitos um do outro no Instagram, e chegaram a trocar uns comentários de duplo sentido por algumas vezes. Naquele mesmo dia, marcou com ela na hora do almoço, num motel perto do trabalho. À medida que se aproximava o encontro, percebeu certa tensão.

"Bobagem, homem! Até parece que é a primeira vez que cisca fora de casa."

Passou na farmácia, comprou o preservativo extrafino que leu na internet, confirmou a hora que haviam marcado e entrou sozinho no prédio. "Quarto 202", informou a ela no aplicativo. Olhou para o pau, ficou com medo dele mais uma vez não subir. Reviu as fotos da Rosana, entrou no Xvideos, ensaiou uma punheta, até que ela chegou. Vinte minutos depois, viu o "teste" falhar. Aumentara a coleção sucessiva de brochadas – e agora, também na rua.

"Deve ter sido a camisinha de novo", buscou se acalmar um Cleomar em pânico. Nos dias seguintes, refez a tentativa com outros contatos mais frequentes. Falhou pela quinta, sexta, sétima vez. Estava diante de um abismo. Viu sua vida arruinada. Havia sido roubado daquilo que tinha de mais precioso sem ao menos ter visto quem era o ladrão e a que horas veio.

O homem ficou desconsolado. Fugia das conversas com a mulher. Não queria ouvir a versão estendida do "está tudo bem, relaxa".

– Não tá tudo bem, Teresa. Você não entende. Daqui a pouco você se cansa e vai procurar outro. O que vai ser de mim, *caralho*? Quem sou eu sem essa *porra* desse pau? Não tenho que relaxar nada, esse *cacete* é que tem que funcionar.

Fuçou tudo na internet sem conseguir encontrar saída. Resolveu então tomar um passo difícil: França era seu melhor amigo, parceiro desde a juventude, saberia guardar segredo e, quem sabe, ajudá-lo com uma solução. Pensou em ir a um médico especialista, mas antes ouviria os conselhos do amigo.

Recebeu uma gargalhada. O tom sério e urgente com que Cleomar tinha feito o chamado não preparou França para aquilo. Era só porque tinha brochado? "Que bobagem, isso acontece com todo mundo!", disse para o amigo desesperado; ele mesmo precisou tomar um azulzinho na semana anterior para se garantir com uma coroa que conheceu. "Relaxa, camarada", aconselhou.

Diante do pânico absoluto instaurado no olhar de um Cleomar ridiculamente desesperado por suas frequentes falhas, fez então uma sugestão da vacina para tirar o amigo da fossa: uma prostituta. Não qualquer uma, mas uma específica, conhecida por dominar como ninguém a arte de deixar o bicho animado. Não precisava de remédio nem de nenhum artifício.

– Vai na prostituta. – insistiu o amigo– É diferente dessas outras mulheres que você está se encontrando. Com a prostituta, você fica relaxado, o trabalho é todo dela. Não precisa se preocupar, ela vai fazer tudo. Se o pau não subir, não tem vergonha nenhuma para você, isso é com ela, ela resolve. Mas vai subir. Essa é especialista. Vai recuperar seu moral, porra.

Para convencer, abriram o anúncio num site especializado. Não tinha fotos, mas os comentários eram todos positivos. Depois de ler cada palavra, Cleomar ficou certo: era a sua salvação. A prostituta haveria de lhe recuperar e mostrar os caminhos.

Marcou tudo por WhatsApp ali mesmo. Como era casado e tinha medo de ser descoberto, usou o telefone do França. Combinou dia, horário e valor – muito acima do que já tinha pago algum dia para serviços do tipo. Foi convencido e agora estava certo de que esta era a solução definitiva. Não ia brochar com a prostituta. Ficaria certificado que o problema não era com ele. Ela tinha a arte de tratar bem o pau alheio, garantiam os comentários. "Com essa deusa, sou imbrochável", comentou um senhor de meia idade, curiosamente ostentando um nariz de palhaço acima do bigodinho raspado na foto de perfil no site de avaliações. "Imbrochável, imbrochável, imbrochável!", repetia o senhorzinho com cara de pateta.

Os dias foram se aproximando e Cleomar sentia uma estranha paz. Caminhava pela rua com um sentimento de vitória. Era o sol muito claro e doce, um sol de junho; eram as fisionomias risonhas dos transeuntes; e o mundo, que até ali lhe aparecia mau e turvo, repentinamente lhe surgia claro e doce. A prostituta lhe indicaria os caminhos e lhe reconstituiria a vida, tinha certeza.

Na terça-feira tão esperada, saiu cedo e perfumado de casa. Tinha marcado para a hora do almoço, como de costume em suas escapadas. Às 13h deveria estar no ponto marcado, o apartamento em que ela atendia no Catete. Pediu o Uber às 12h30, chegou com doze minutos de antecedência, esperou um pouco no bar em frente ao prédio. Era bom atrasar uns minutinhos para não demonstrar ansiedade.

Entrou na portaria, subiu pelo elevador, tocou a campainha. Esperou um pouco, com o coração a lhe saltar do peito. Dois minutos depois, a porta finalmente se abriu.

Era sua mulher.

No espaço de dois ou três segundos entre o surgimento de Teresa por trás da porta e o que veio a seguir, uma infinidade de sentimentos tomou Cleomar. A surpresa, o espanto, a certeza do engano. A raiva por toda mentira, que o levou a pensamentos deploráveis. A incredulidade com o que diziam sobre a performance dela (e até um certo orgulho, afinal, era da sua mulher a transa mais bem falada da cidade). Veio também a vergonha, afinal, havia confidenciado durante a conversa no aplicativo que já tinha saído com outras prostitutas e tinha o hábito de ter relações extraconjugais. Estavam quites em segredos e mentiras. Recuperou-se, então, do pequeno transe:

– Boa tarde, Maya, é você? Desculpe pelo atraso.

– Sem problemas, Júnior – e sorriu de forma gentil e safada, convidando-o a entrar na sala.

– Quer uma água ou podemos começar?

JEFERSON PEDRO

Jeferson Pedro é jornalista, escritor e roteirista. Vencedor do Prêmio Ubuntu de Cultura Negra, escreveu os livros *Cabeça de rei*, *Saída de emergência* e *Dandara*. Escreveu os argumentos e os roteiros dos curtas-metragens *Danúbio azul* e *Tião*. Escreveu a peça *Batterfly* com o coletivo de dramaturgia da ONG Teatro ECOA. Participou do curso "Cinema, criação e pensamento" na PUC-Rio, fez cursos profissionalizantes de roteiro na CAL, no Tempo Glauber, no Teatro SESI e participou do curso de direção com Cláudio Assis no Oi Futuro Ipanema. Começou a escrever profissionalmente após participar da Flup em 2012, quando teve o texto "Levando um violão" publicado na Antologia *43 novos autores*.

Aqui se faz, aqui se paga

Texto inspirado no conto "Um que vendeu sua alma "

Orientação: Vagner Amaro

Já passavam das nove e meia da noite quando Isaías Floriano entrou no bar. Precisava tomar uma dose de cachaça. Estava envolvido com as declarações de imposto de renda dos clientes do escritório onde trabalhava e, para tentar esquecer o barulho da calculadora e dos números pipocando na sua cabeça, uma dose de cachaça seria fundamental.

Não fumava e bebia muito pouco, mas há duas semanas, antes de ir para a casa, repetia a mesma coisa: parava naquele mesmo pé sujo do Largo da Prainha, tirava o paletó surrado, pendurava na cadeira e ia para o balcão.

Ficava olhando a vitrine, como se torcesse para ter algum petisco novo e atraente, mas, para a sua decepção, na travessa de inox tinha o mesmo menu de sempre: ovos cozidos coloridos, coxinha, pastel murcho e torresmo banhado no óleo.

Umas baratas passeavam pelo piso e inúmeras moscas varejeiras brincavam de helicóptero nas paredes do bar. Estas paredes eram harmoniosamente decoradas com azulejos azuis e brancos intercalados, até o teto. Um mal gosto de doer!

O dono do bar, o português Augusto, espantou algumas moscas com a toalha que trazia pendurada nas costas e serviu a dose de cachaça para Isaías. Assim que colocou o copo na boca, o álcool entrou pelas suas narinas e, como se estivesse dopado, começou a ver todo o ambiente turvo, embaçado. A luz do bar piscou. Ficou uns minutos oscilando.

Entre uma piscada e outra da lâmpada, Isaías percebeu a presença de um homem alto, bem grisalho, vestido com garbo, e usando um paletó que possuía um cheiro de nicotina muito forte. O homem encostou exatamente ao lado de Isaías. Devia ter quase uns noventa anos, mas não era um velho muito encurvado. Tinha o peito estufado. Parecia um galo de rinha aposentado. Ele olhou para Isaías de forma intimidadora, hipnotizante.

– Toda vez que eu conto essa história, muitos acham que é lorota – disse o velho. – Tem quem ache que é uma mistura de sonho com farsa, mas que, no final, o amigo ouvinte vai se perguntar se de fato aconteceu ou não.

Isaías relaxou um pouco, pois percebeu que aquele senhor não era nenhum cliente do escritório ou um desafeto do passado. Além disso, se ele iria contar apenas uma história, não haveria de lhe fazer nenhum mal. E o velho começou a falar.

– Meu jovem, quem me vê assim, não sabe quem eu sou, e não imagina quem eu fui: Comandante Peixoto da Marinha do Brasil! O primeiro e o único! Durante anos dedicados à vida militar, constituí família, conquistei bens materiais, mas fiz muita gente sofrer. Vaidoso, severo e exigente, eu puni, castiguei e torturei cada um dos meus comandados que saíam da linha. Nunca esbocei uma única expressão de arrependimento ou remorso sequer. Impiedoso e arbitrário! Como toda regra tem a sua exceção, uma vez fui forçado a rever meus valores, me arrependi e devido a isto, aqui estou.

Isaías voltou a ficar tenso, pois do outro lado do balcão viu uma garrafa de cerveja rolar e cair no chão sem quebrar. Ignorando a expressão assustada de Isaías, o velho comandante continuou a contar a história.

– Tinha acabado de ser promovido a Capitão de Fragata, e nunca, em toda a minha longa carreira militar, vi tamanha quantidade de pretos, pardos, crioulos e mulatos ingressarem juntos na Marinha. Eles fediam, suavam e aquela mancha indelével brilhava no calor, de forma que muito me incomodava. Tudo o que eu mais queria no mundo era ficar longe de toda a gente daquela estirpe. E, para aumentar o meu ódio, esses pretos nunca se davam por vencidos. Não abaixavam a cabeça. Me encaravam e me fitavam de cima a baixo. Insolentes! De tanto ódio, eu cheguei a cuspir na cara de muitos deles. Certa vez, obriguei que eles fizessem uma sequência de exercícios físicos. Foram mais de duzentas flexões de braço estendido, depois cem abdominais, e depois eles correram mais de vinte quilômetros pelo convés, em alto mar, sem parar. Os que não aguentavam, ficavam detidos na solitária. Quando se negavam a obedecer às ordens, levavam chibatadas, sem pena. De uma a quinhentas, dependendo do nível de coisa errada que tivessem feito. A minha tripulação virou um pedaço do inferno, meu jovem. Do inferno! Você já foi ao inferno, rapaz? – perguntou o velho.

– Não, senhor! – respondeu Isaías.

– Então nem queira, meu caro! Nem queira. Lá é mesmo o que dizem: é o inferno! – respondeu o velho, e continuou. – Incorporaram cerca de quatrocentos e cinquenta homens na Marinha, e no meu grupamento, recebi os marujos João Cândido e Arquimedes Atanásio. Pobres daqueles destemidos que tivessem a empáfia de me enfrentar. Como todos sabem, João Cândido organizou o levante que deu origem à Revolta da Chibata, e virou herói. Ganhou o título de o Almirante Negro. O que poucos sabem é que o verdadeiro pivô do motim foi o marujo Arquimedes. Ele era um crioulo sonso e dissimulado, e essas características estavam no seu sangue, pois ele era filho de Maria Domingas, uma das pretas mais abusadas e topetudas que já vi em toda a vida! Eu a conheci ainda bem jovem, trabalhando como escrava na fazenda dos meus pais. Naquela época, eu devia ter uns quatorze ou quinze anos no máximo, quando me pai me forçou a ter a minha primeira relação sexual com ela. Meses depois, chegou na fazenda a notícia de que ela tinha engravidado. Para não comprometer o meu casamento já marcado com Alva, meus pais decidiram assinar a alforria de Domingas assim que a criança nascesse. Da senzala, ouvimos os gritos de Domingas durante o parto. Era quase meia-noite quando o filho dela nasceu. Como combinado, dias depois, ela foi alforriada, mas, orgulhosa, Domingas não quis deixar o filho na fazenda dos meus pais, e levou o menino.

– E o senhor nunca mais teve contato com ela? – perguntou Isaías.

– Tive, sim. Reencontrei Domingas, anos mais tarde, durante o Bota--abaixo do prefeito Pereira Passos. Ela entrou em confronto com as autoridades que foram expulsar os nativos, os negros, os nordestinos, os pobres de todo o país que chegavam na cidade maravilhosa para tentar a sorte e se instalavam nos cortiços insalubres do Centro do Rio de Janeiro. Estes cortiços e sobrados foram demolidos, o que fez com que toda esta gente preta e pobre ficasse desabrigada e migrasse para as favelas ou para o subúrbio. Domingas virou lenda! Morreu lutando por uma moradia digna para ela, para o seu filho e pelos outros pretos e pretas que moravam ali.

– E o menino? – perguntou Isaías.

– Que destino melhor ele teria? Quando Domingas morreu, ele foi criado por uma tia, mas não teve jeito. O moleque era virado no catiço! Criado pelo povo de rua, no meio da malandragem, praticava pequenos furtos para arrumar um trocado. Aos dez anos, foi internado no Padre Severino, e lá, fumou, bebeu, cheirou. Depois fugiu e começou a vender pó, cheirinho da loló e maconha na escola pública onde estudava. Era constantemente visto com putas, bichas, travestis, bicheiros, e pasme, meu jovem, até mesmo com meganhas e delegados! Você sabe o que é meganha, jovem?

– Sei sim, moço. Significa polícia, canela preta – respondeu Isaías.

– Muito bem, jovem, acertou. – falou o comandante, e continuou:

– Com dezesseis anos, ele andava pela Lapa com uma navalha à mostra, presa na cintura, e frequentava as rodas de samba, de jongo e de capoeira, mas, durante o dia, ele fazia pequenos biscates e serviços de entrega para os comerciantes, que gostavam dele e tinham consideração por Domingas. As fichas de cada um dos marujos ficavam em um arquivo na minha sala. E eu vi na certidão de nascimento de Arquimedes que ele era filho de Domingas, mas o pai não era declarado. Eu precisava aproveitar a chance para me aproximar dele e contar que eu era o seu pai, mas, covardemente, fiquei adiando, evitando olhar nos olhos dele. No dia em que, finalmente, tomei coragem para conversar com ele, ele passou pela revista na guarita do quartel e ficou detido. Chegou ao quartel bêbado, trazendo duas garrafas de cachaça e dois maços de cigarro escondidos na farda. Por esse motivo, mandei que aplicassem duzentas e cinquentas chibatadas no lombo do preto criminoso!

Nessa hora, o bocal da lâmpada do bar estourou. Queimou de vez. O bar ficou às escuras, até que Augusto conseguiu encontrar uma vela e acender. Isaías percebeu que os clientes tinham ido embora e no bar estavam apenas ele, o comandante e o português Augusto, que se aproximou dos dois, colocou a vela em um pires rachado, e disse:

– A história está boa, meus senhores! Eu estou aqui fazendo as contas humilhantes do faturamento do dia, mas estou aqui quietinho, ouvindo tudo. Já vi muita coisa acontecer nas redondezas desse Largo da Prainha. E bota coisa nisso!

Com a luz da vela no balcão, Isaías estava totalmente envolvido pela lábia do velho comandante, que continuou a falar:

– Arquimedes já tinha levado mais de duzentas chibatadas quando João Cândido deu início ao motim. Eu mandei dar chibatadas em homens pretos, pobres, analfabetos, excluídos de quase todas as oportunidades de terem uma vida com dignidade! Muitos deles, assim como Arquimedes, eram filhos de mãe solteira ou filhos de escravos. Outros eram criados por familiares, ou viviam de favor na casa de parentes. Ordenei que vários corpos de homens pretos fossem jogados ao mar! E o que eu era? Um monstro, nefasto, cruel, perverso! A verdade é que não existem palavras que definam o que eu fui ou que justifiquem o que eu fiz e o que causei na vida de tanta gente. Quando a Revolta da Chibata acabou, eu fui expulso da Marinha. Depois disso, foi ladeira abaixo: descobriram tudo o que eu fazia por debaixo dos panos: traições, orgias com outros homens, facilitações de venda de armas e de drogas. Minha família me abandonou. Não consegui conviver com a pressão dos jornais, e sem a proteção da farda, eu era um homem comum. Anos depois, por conta dos meus privilégios, fui levado para o hospital psiquiátrico da Marinha, e lá passei mais de vinte anos sendo assombrado pelos dentes brancos do marujo Arquimedes, e por aqueles olhos cor de jabuticaba, que, por ser um frouxo, evitei encarar. Todos os dias, noite e dia, rigorosamente, ele vinha me visitar. Parecia o saci. Sentava-se na beira da minha cama, aparecia no espelho quando eu escovava os dentes. Olhava na minha cara, gargalhava do meu desespero, e tudo aquilo me dava medo. Os médicos tentavam me tranquilizar dizendo que eram visões ou efeitos dos medicamentos. O marujo não tinha chifre, não tinha rabo, mas para mim ele era o diabo. Eu abria os olhos e ouvia o barulho da chibata ao encontro do corpo preto de Arquimedes, pendurado no mastro do navio, balançando. Eu acordava com o som ensurdecedor dos atabaques e dos tambores dos africanos. Era uma perturbação tamanha, que, mesmo sedado, amarrado, com eletrodos espalhados pelo corpo, eu consegui fugir do hospital. E desde então, passei a procurar pelo marujo: no cais, no porto, nos cabarés, nos morros, nos casebres, nos prostíbulos, nas bocas de fumo, nos cemitérios, nas igrejas, nos cassinos, na Lapa, na Praça Mauá, nos jogos de azar, sem encontrar.

– E o marujo parou de aparecer para o senhor? – perguntou Isaías.

– Não, meu caro! Todos os dias ele aparece para mim. Me xinga, presta continência, dá voz de comando, me dá chibatadas no lombo, cospe na minha cara, enfia o dedo no meu rabo e faz eu cheirar.

– E nestas aparições, ele pediu algo ao senhor? – perguntou Isaías. – Geralmente fantasmas e espíritos pedem algo.

— Pediu, sim. Ele disse que se eu quisesse encontrá-lo, deveria pegar e guardar cada guimba de cigarro que eu achasse pelo caminho. E, em cada bar que eu entrasse e tivesse um homem bebendo cachaça, que eu contasse esta história de opressão, racismo e maldade, que muito me envergonha, mas que precisa ser contada, para que não aconteça mais.

– E o senhor contou?

– Ora, meu jovem! Eu estou contando até hoje. Ele pediu que eu só parasse de contar essa história quando chegasse ao homem número duzentos e cinquenta. Para não perder as contas, cada vez que eu conto a história, eu faço um rasgo neste meu paletó. Pelas minhas contas, meu caro, você é o último!

– E o que ele disse que aconteceria quando o senhor cumprisse o combinado? – perguntou Isaías.

– Ele disse que me deixaria em paz, que deixaria o meu corpo e o meu espírito livres para uma nova jornada.

– Então, pelo visto, hoje é o seu dia de sorte!

– Sim, hoje, finalmente, eu me livro desta maldição terrível que me levou ao fundo do poço e me trouxe até aqui.

De repente, do lado de fora do bar, uma luz muito forte tomou conta de toda a rua. O comandante puxou Isaías pela mão e os dois foram para fora do bar. No balcão, Augusto esfregava o olho, tentando enxergar o que era aquela luz. No meio da rua, o comandante e Isaías viram que a luz vinha de um objeto voador, que ameaçava pousar no meio da rua. O comandante olhou para Isaías e disse:

– Chegou a hora, o meu tormento acabou.

– Então você fez um trato com o diabo e o diabo era o marujo, comandante!

– Não seja tolo, jovem. Você acha que o diabo quer mesmo fazer trato com alguém? Você acha que o diabo quer comprar almas? O diabo tem mais o que fazer! A humanidade deu muito errado, meu amigo! Nós somos tão podres que uma alma não vale um salgado com um refresco na pastelaria do China, rapaz! Acorda!

– Mas o marujo veio te buscar, comandante! Na verdade, tem mais uma pessoa caminhando com ele.

– É Domingas! – gritou o comandante.

– Você vendeu a alma para eles, comandante. Eles vieram cobrar!

– Não diga bobagens! O diabo está dentro de nós, meu jovem! O destino é assim: todos os dias costura tramas, karmas e darmas para dar a chance de o homem reparar os seus erros. Não existe diabo mais poderoso do que a consciência de um homem que passou pela vida fodendo com a vida dos outros, como eu fiz. Xingando, brigando, destilando venenos de ódio, mentiras, racismo. Uma hora a conta chega!

– E o diabo, comandante?

– Aqui se faz, aqui se paga! O diabo dorme ao nosso lado todos os dias, e se levanta com a gente, escova os dentes, toma o café da manhã e vai trabalhar, jovem!

O comandante foi caminhando em direção à luz, e sumiu lentamente diante do clarão da lua.

Um vagalume entrou no quarto de Isaías, pousou na ponta do seu nariz e ele acordou com uma crise de apneia. Assustado, ofegante e com os olhos esbugalhados, ele levantou da cama. Olhou para a cômoda e mesmo com a vista turva, viu que tinha uma guimba de cigarro ao lado de sua carteira. Intrigado, escovou os dentes, penteou os cabelos e desceu o Morro da Conceição. Bateu na porta do bar e Augusto estava varrendo o chão. Quando viu que era Isaías na porta, Augusto correu até lá e perguntou:

– Que cara é essa? Parece que viu fantasma!

– Eu acho que vi mesmo! – respondeu Isaías

– Sabia que mais cedo ou mais tarde, você iria voltar para buscar o seu paletó! Tá ali, do mesmo jeito que você deixou.

– Meu paletó? Então eu estive aqui ontem, Augusto?

– Ontem e anteontem também! Todos os dias você vem aqui, cara! Tá maluco?

Augusto pegou o paletó no balcão e o jogou para Isaías. Isaías agarrou o paletó, e quando ele abriu, viu que na parte de dentro do paletó havia os exatos duzentos e cinquenta rasgos, do mesmo jeito que o comandante tinha dito. Trêmulo, Isaías virou-se para Augusto, e pediu:

– Augusto, me serve uma dose de cachaça?

– A esta hora? Ah, vai trabalhar, Isaías! Tenho mais o que fazer do que ficar servindo cachaça para você. O bar nem abriu! Não estamos funcionando hoje.

– Eu tive um sonho sinistro, cara. Me respeita!

– Se foi sinistro, não era sonho. Era pesadelo!

– Sonhei com o diabo.

– E o que mais? – provocou Augusto, sem paciência, enxotando Isaías para fora.

– Tinha um comandante da Marinha, um marujo...

– Esse comandante é um cracudo velho que fica vagando pela Praça Mauá há muitos anos. Ele entra em um bar, vê um otário bebendo no balcão e começa a contar as histórias cheias de treta do passado dele. Você não pode dar ouvido para maluco, não, Isaías! Um cara nascido e criado aqui não pode dar esse tipo de vacilo!

– Que mané vacilo, Augusto? A culpa agora é minha? – perguntou Isaías.

– Sua não! Da cachaça! No final ela é sempre a culpada! – debochou Augusto

– Com certeza! – respondeu Isaías, balançando a cabeça afirmativamente.

– Isaías, você está careca de saber que é fraco para bebida! Só com o cheiro da pinga você já começa a ver tudo girar e fica doidão! Cansei de levantar você do chão e matar as baratas que ficavam passeando pelo seu cabelo. Mete o pé daqui, seu pudim de cachaça! Tenho mais o que fazer! Rala! – esbravejou Augusto, com a vassoura na mão.

– No sonho tinha um bar igual ao seu, Augusto!

– Jura e como era? – provocou Augusto.

– De um mal gosto de doer!

JOSÉ LUIS ROCHA

O carioca José Luis Rocha nasceu na favela Santa Marta, em Botafogo. Pós-graduado em Comunicação Social, só foi beijado pela Literatura aos 50 anos, quando se encontrou com a Flup. Publicou diversos contos e poemas, além dos romances *Esmalte, batom e sangue* e *Vidas de papel*; o próximo, *Sarjeta*, está no forno da editora para ser publicado ainda em 2023.

Triste fim de uma gestão moderna

Texto inspirado no romance Triste fim de Policarpo Quaresma

Orientação: Fred Coelho

Quando jogava favela contra favela, era costume cada qual colocar cuidadosamente ao sopé da trave sua arma embrulhada na camisa de passeio e, só então, vestir o uniforme do time. A única exceção ali era o fuzil de Racumim, o chefe do plantão, pois aquela arma não conseguiria ficar totalmente oculta. Ainda assim estava lá, de pé, encostada ao canto do muro, exibindo a número dez do Barcelona, da Nike – como uma flâmula ao sabor do vento, presa ao bico do cano de ferro.

A exibição de armas se justificava, pois circulava um boato de que o Morro da Cotia sofreria um ataque em breve. Pelo sim, pelo não, Juliano, o dono da favela, recuou em parte de suas recentes determinações – entre as quais, a que proibia a exibição de armamentos.

– Quando recebemos amigos, devemos oferecer o máximo de proteção aos visitantes – explicou ao jovem Macalé, seu admirador.

Num passado recente, quando se apresentou para se filiar aos quadros do tráfico da Cotia, o menino Juliano acreditava, como a maioria dos jovens que tomam essa decisão, que seria apenas uma coisa passageira. A única diferença era em relação ao objetivo: "Vou só juntar um dinheirinho pra fazer uma faculdade particular, depois eu saio", falava pra si mesmo.

E assim ele seguia, como mais um soldado do crime. Mas sua vida mudou drasticamente quando foram convocados para participar da retomada da Cidade de Deus. Uma ordem explícita, pelo telefone, vinda do Complexo de Bangu, do alto comando da facção, determinava que a boca da Cotia enviasse vinte homens para compor o grupo dos aliados que participariam da operação.

Juliano ficou sem respirar quando seu nome foi citado por Zangão. O bando todo estava formado em semicírculo, tendo à frente o então dono da favela, que selecionava um a um, os homens que iriam para o *front*:

– Eu vou puxar o bonde. Por isso, vou escolher os outros dezenove que vão comigo – Zangão falava, tendo diante de si um grupo de traficantes atentos. Uns desejando muito participar da guerra, enquanto outros fingiam querer, mas torciam veladamente para não serem escolhidos. Dessa forma, o chefão continuava enumerando quem iria e quem ficaria:

– Racumim, você é meu braço direito, então você fica pra botar ordem no morro na minha ausência.

O chefe do plantão sempre teve vontade de participar de algum combate para mostrar serviço a seu líder, já que era o primeiro na linha de sucessão; mas não ousaria se opor a uma ordem. Afeito a frases feitas, Racumim falou para si, quase sussurrando:

– Manda quem pode, obedece quem tem juízo.

Sem ouvir o queixume, Zangão prosseguiu:

– Macalé, você também fica para fazer a segurança do Racumim. Tinoco, você vai! Quero também Sinvaldo, Léo, Tomate... e esse novinho aí, como é teu nome mesmo?

– Juliano – respondeu o menino, timidamente.

Ele foi o último a ser escolhido. Não sabia nada sobre aquele tipo de ação. Suas experiências se limitavam aos filmes de guerra que costumava assistir e aos livros sobre o tema, que mantinha em sua biblioteca particular.

No dia "D", quis o destino que Juliano ficasse próximo a Zangão. O jovem acreditava que a experiência do chefe poderia lhe ser útil. Mas ele estava extremamente enganado: mal começaram a entrar na Cidade de Deus, percebeu que o caminho escolhido para sua fileira invadir estava minado. A maior parte do grupo inimigo havia se entrincheirado justamente ali.

A saraivada de balas com que foram recebidos deixou várias baixas. Zangão foi um dos baleados. Alguns conseguiram fugir, enquanto outros não tiveram a mesma sorte. Dos quinze homens daquele pelotão, cinco morreram no local e seis bateram em retirada. Restaram apenas Zangão, Juliano e Sinvaldo – que havia se escondido dentro de uma caixa d'água – e mais dois homens do tráfico local, que conheciam bem a favela e logo sumiram pelos becos.

Porém, nem tudo estava perdido: do outro lado da comunidade, sons de tiros misturados aos silvos dos apitos confirmavam que aquele trecho havia sido retomado. Só que ali, na parte que dá para o canal, os inimigos estavam fortes. Um grupo de homens com expressão de ódio nos olhos procurava qualquer sinal de vida entre os feridos. Os que ainda respiravam, ganharam de presente seu tiro de misericórdia.

Com o coração acelerado dentro do valão, Juliano passava lama no rosto e se afundava no meio do lixo, como vira num filme. Um pouco acima da margem, ele avistou Zangão, que arfava feito um capado, mal escondido atrás de uma pequena moita. O chefe tinha uma marca de sangue na altura do peito, e onde estava, seria fatalmente encontrado pelo bando rival, que já vinha a menos de vinte metros.

Num ímpeto de coragem e companheirismo, Juliano saiu do meio do lixo e correu até o chefe, arrastando-o rapidamente para seu frágil esconderijo. Deu certo. Os inimigos ainda olharam para o valão, apontando suas armas, dispostos a atirar em qualquer coisa que se mexesse. Mas ao ouvirem tiros próximo dali, correram em direção à saída da favela. Enfim, os aliados retomaram a CDD.

Os sobreviventes da Cotia foram homenageados, recebendo honrarias de ex-combatentes. Zangão foi hospitalizado, com perfuração no pulmão. Ainda de dentro da enfermaria, após os procedimentos cirúrgicos, determinou que Juliano seria seu lugar-tenente. Todas as suas ordens deveriam ser seguidas sem contestação.

E assim, com a morte de Zangão, Juliano ocupou o posto de chefe, tendo seu ato de bravura e companheirismo reconhecido por quase todo o bando. A única exceção era Racumim, que sempre aspirou o cargo.

Logo que assumiu a chefia, Juliano tratou de elaborar um plano de ação com vistas a melhorar a convivência na favela e aumentar o lucro da boca de fumo. Como suas experiências cinematográficas funcionaram na guerra da Cidade de Deus, ele se valeu da literatura para alinhar sua forma de liderar aquela comunidade.

O que não lia nos livros, procurava na experiência dos mais velhos. Conversando aqui e ali, Juliano consultou pessoas expressivas na favela, entre os quais, o presidente da associação de moradores, a diretora da creche, o pastor Guedes etc. Ouvia e anotava os conselhos, alguns dos quais colocaria em prática imediatamente.

– Você vai ver, Macalé, a partir de amanhã essa comunidade vai ser outra – Juliano confidenciava ao jovem fã.

– O quê que você vai fazer, patrão? – perguntou Macalé

– Amanhã você vai saber... e não me chame mais de patrão, tá ouvindo? Aliás, quantos anos você tem?

– Vinte e dois.

– Porra! Você é velhinho, hein? – comentou Juliano, suavizando o semblante com um leve sorriso. Antes de sair, deu um livro que carregava na mochila para o rapaz, que ficou meio sem jeito, lendo com dificuldade o título: "Cidade partida – Zuenir Ventura".

*

Um verdadeiro rebuliço tomou conta da comunidade da Cotia na manhã seguinte. Tanto os traficantes quanto os moradores comuns foram tomados por uma surpresa. Na birosca do Zé Português, no bar do Tulipa, na barbearia do seu Onofre, na cantina da Indiara... em todos os cantos, o assunto eram as novas regras baixadas na favela: um cartaz afixado na entrada e outro semelhante na praça do Campinho ditavam as novas leis, que deveriam ser seguidas a partir de então.

Os cartazes não falavam sobre formas de punição, mas deixavam claro que haveria sanções. Algumas proibições caíram imediatamente no agrado dos moradores, tipo a número um: "Fica proibida a presença de crianças na boca, pois lugar de criança é na escola." Outra norma considerada positiva pela grande maioria, mas que causou polêmica entre os traficantes foi a número seis, que dizia: "Não será permitido o uso de drogas em espaço público." Cada lei trazia entre parênteses uma frase complementar, e no caso da regra número seis, o complemento dizia: "(Quer fumar, quer cheirar? Procure um lugar discreto)".

Além da polêmica sobre o consumo de drogas na favela, outras questões ligadas à boca causaram certo desconforto. Ao tomar par das insatisfações, o novo chefe tratou de reunir seus comandados a fim de dissipar qualquer dúvida.

A reunião que posteriormente ficaria famosa aconteceu às dez horas da manhã de uma segunda-feira. Como Juliano determinou, toda a quadrilha estava reunida no campinho. Até mesmo os olheiros na contenção esticavam o pescoço em seus postos para tentar ouvir o que se falava. O novo chefe impostou a voz:

– A partir de hoje nós vamos trabalhar igual a uma empresa... Ou melhor, nós somos uma empresa e, por isso, temos que prestar um serviço de qualidade. O que vocês chamam de viciado, na verdade, é nosso cliente, e tem que ser bem tratado. Alguém tem dúvida?

(Silêncio sepulcral. Nem os cachorros ousavam ladrar)

Então Juliano continuou seu discurso, que durou mais de uma hora. Estrategicamente, deixou para o final o que considerava a melhor notícia, aquela que elevaria o moral do grupo:

– Iremos trabalhar por produtividade e o plantão que der derrame, vai ser descontado! Por outro lado, quem produzir mais, vai ser premiado.

– Que tipo de prêmio, patrão? – quis saber um jovem que estava há alguns minutos com o braço levantado.

– Ainda não vi isso, mas aceito sugestões. Faremos uma administração participativa. Que tal um ingresso pro Maracanã ou entrada pra um motel?

– Oba! – comemorou Macalé.

– Com direito a acompanhante, né, patrão? – emendou Sinvaldo, parecendo estar bastante entusiasmado.

Discutiram alguns pontos que não estavam muito claros, mas ao final, a maioria parecia concordar, alguns até vibraram. Uma das poucas exceções era Racumim, que de quando em quando, de maneira pernóstica, deixava escapar alguns provérbios, ridicularizando as novas ordens.

– Em casa de ferreiro o espeto é de pau! Onde já se viu quem está no plantão não poder dar uma cheiradinha? Isso aqui tá tudo muito esquisito... – reclamou, se dirigindo a um olheiro.

– Ouvi dizer que o Jacaré foi expulso da boca só porque deu umas madeiradas num viciado... – completou outro.

– É... o Juliano tá estranho mesmo... – continuou Racumim. – Agora, aqui na favela tá dente por dente, olho por olho.

O fato é que, em pouco tempo, o faturamento da boca da Cotia mais do que dobrou. Além disso, reduziram as perdas e os gastos com advogados, pois diminuíram também a quantidade de óbitos e de prisões. Pararam de trocar tiros com a polícia e esconderam as armas, diminuindo também o estado de tensão dos moradores e os gastos com munição.

Na contramão dos avanços, sempre que encontrava um ouvido disposto a escutar, Racumim soltava um torpedo:

– Agora nós vamos voltar a viver fugindo dos homens, igual Satanás foge da cruz. Viramos vacilão. Será que os caras lá de Bangu um sabem disso?

Indiferente aos provérbios negativos de seu antagonista, Juliano estava seguro de suas decisões. Antes de tomar as medidas, fez contato com líderes de outras favelas com a certeza de que logo logo o alto comando também tomaria ciência. Além disso, procurou estreitar relações com traficantes amigos, convidando-os para curtirem baile, samba e principalmente disputarem partidas de futebol. Futebol de camisa era o seu lazer preferido. Já estavam até planejando um campeonato só entre eles. Juliano bancaria a primeira edição da "Copa dos Amigos".

Nos últimos três sábados, jogaram contra o time da Maré, da Babilônia e da Cidade de Deus, onde Juliano fez vários amigos – inclusive o dono, que lhe fizera muitas reverências na época da retomada. Juliano estava se consolidando entre os chefões e agora precisava fazer bonito no jogo contra a Mineira, uma das comunidades mais influentes dentro da facção.

Os visitantes não conseguiam esconder seu entusiasmo quando deixavam a Cotia. Falavam, inclusive, em implantar algumas das mudanças como as que Juliano fez.

– Essa parada de premiar os que derem lucro é muito boa – disse Maldonado, gerente da Babilônia.

– Eu gostei também desse tal de Fundo de Amparo. Explica melhor, Juliano – perguntou Gutão, da favela da Maré

– A parada é o seguinte: a boca desconta uma parcela do pagamento de cada um, aplica e administra para quando tiver uma necessidade, tipo, alguém "roda", aí tem que pagar advogado, ajudar a família, essas coisas... inclusive em caso de... – bateu três vezes na madeira do banco de reservas – em caso de morte – falou e se benzeu três vezes também.

E naquele momento Juliano se encontrava ali, no meio do jogo contra a Mineira. A partida estava dois a dois quando ele sentiu uma fisgada na perna e deixou o campo.

– Vamos lá, Cotia! – gritou ainda à beira do gramado. Foi recebido do lado de fora por Joca Perninha, líder do tráfico da Mineira, cujo apelido explicava porque não jogava futebol: um tiro de fuzil deformara sua perna direita. Ainda assim, Joca conseguia correr com destreza quando era necessário.

Abriram uma cerveja e começaram a papear. Enquanto Joca bebia, Juliano foi à beira do campo e pegou sua camisa, de onde desembrulhou uma pistola e um livro. A capa colorida chamava atenção para o título: "A arte da guerra - Nicolau Maquiavel".

– Caramba, maluco, você gosta de ler?

– Desde criança. Seria legal se todos gostassem de ler...

– É... Mas cada um na sua, né?

– Claro! – Juliano se apressou a responder.

– Tô gostando muito da tua comunidade. Geral tá comentando sobre teus negócios... Você é o cara do momento! – falou Perninha.

– Exagero, irmão, eu só faço o simples: valorizo as pessoas, inclusive os clientes. Todo mundo merece consideração, até mesmo os peemes.

– Hã?

Joca Perninha deu uma engasgada, mas depois continuou:

– Você desenrola com os vermes? – falou, demonstrando certa preocupação.

– Não é bem assim, desenrolar, mas nós aqui paramos de bater de frente com eles. Acabou a covardia com os viciados, acabaram os assaltos na área e quando a polícia entra na favela a gente recua; não tem mais bala perdida, essas coisas... a violência do bairro saiu das páginas dos jornais.

Joca mudou de assunto e voltou a falar das regras da favela.

O jogo acabou em três a três, e logo todos procuraram um lugar pra relaxar e curtir a já famosa resenha da Cotia, regada a cerveja e uísque. Quem quisesse usar qualquer coisa a mais, teria que seguir as normas da casa e, por isso, o banheiro atrás do gol estava muito frequentado.

O sucesso do morro de Juliano havia realmente chegado longe. No meio do tráfico e até mesmo entre pessoas que frequentavam os bailes, a palavra Cotia virou sinônimo de tranquilidade e prosperidade. Embora o sucesso fosse evidente, Racumim continuava na sua saga de tentar jogar a população local contra o chefe:

– Ô tia, quem é vivo sempre aparece... como é que tá o Jacaré, tia? – Racumim interceptou a mãe do bandido que havia sido expulso do morro por Juliano.

– Ele está mais ou menos, meu filho. Obrigado por perguntar. Parece que vocês estão bem, né?

O chefe do plantão tirou do bolso uma nota de cem e entregou pra mãe do rapaz.

– Nem tudo que reluz é ouro, tia. Aqui tá parecendo um hospício. Fala pro Jacaré que o bom filho à casa torna. Assim que acabar essa maluquice, eu dou um jeito de trazer ele de volta.

Dessa forma, procurando taxar Juliano de maluco, Racumim foi se aliando aos poucos desafetos do chefe, construindo um poder paralelo, ainda que pequeno, mas com certo potencial. A tática era incutir na cabeça dos outros que Juliano não era muito lúcido.

– Agora você vê, o cara vende drogas, mas não quer que usem! Se continuar assim, daqui a apouco o piloto não vai mais andar no avião!

Uma sonora gargalhada soou na mesa de sinuca da favelinha ao lado da Cotia.

– Imagina que o cozinheiro não pode mais comer a própria comida que faz...

Outra gargalhada comprava a ideia de Racumim. Nos arredores da Cotia, surgia um boato de que Juliano era lunático.

– Dizem que apanhou muito quanto era criança. Acho que é por isso que ele não gosta de criança. Tão dizendo nas redes sociais que ele quer distância de criança.

– Eu li na internet que ele agora quer pagar os traficantes com livros, vê se pode?

*

Ainda surfando numa marola do sucesso, Juliano deu um novo passo. Esse, porém, muito mais ousado: uma carta destinada ao alto escalão da facção, levada por um advogado, chegou ao Complexo Penitenciário de Bangu.

A cúpula se reuniu para lê-la. Há algum tempo ouviam falar desse tal de Juliano, um moleque tido como inteligente, ousado e corajoso por uns, e taxado de maluco, ambicioso e ganancioso por outros. O conteúdo da epístola era um tanto surpreendente. No texto, Juliano falava de suas jogadas de sucesso – coisa que a cúpula já estava cansada de saber –, e o principal: propunha que acabassem com a rivalidade entre facções.

A essência do texto dizia:

"Nosso único inimigo é o sistema, no mais, enquanto ficarmos nos combatendo, estaremos nos autodestruindo." Noutro trecho, dizia: "A quem interessa tantas mortes nas favelas? Eu respondo: aos grandes traficantes de armas e munições." E seguia indagando e respondendo: "Por que nós temos tantos inimigos, alguns que a gente nem conhece? Há espaço para todos, é só a gente se organizar; precisamos somar em vez de dividir."

Terminada a leitura da carta de cinco páginas, ninguém fez qualquer comentário sobre o teor da mensagem, apenas duas observações importantes, uma – do bandido que fez a leitura – sobre a forma do texto:

– O menino é sinistro, parece que sabe o que quer... Mas no meu tempo, a gente tinha personalidade, mandava catuque escrito à mão. Tá tudo mudado lá fora.

A outra observação foi feita pelo chefe dos chefes, e se referia ao próprio Juliano:

– Eu gostaria de conhecer pessoalmente esse moleque.

Os ventos do submundo do crime sopravam forte. A onda de *fake news* sobre a sanidade mental de Juliano começou a ganhar força. Alguns membros do bando passaram a questionar sua autoridade, repetindo as gozações dos memes da internet. Ele ainda tentou impor à força suas regras, mas em pouco tempo, passou a fingir que não via alguém fumando na porta do bar, ou algumas tiras de cocaína na mesa de sinuca... Outra coisa que ruiu foi a proibição de tiros: volta e meia ouvia-se um ou outro pipoco ecoando pela favela.

O fato é que a maneira quase pacífica de Juliano administrar o tráfico não havia atingido apenas as pretensões de Racumim. Major Bartolo, chefe do policiamento da área da Cotia, também perdeu muito com a nova gestão da favela. Estava se cansando de ouvir soldados de sua equipe reclamarem que não tinha mais para quem revender as armas tomadas de traficantes rivais; além disso, caiu o número de flagrantes, que geravam acharques, acabaram as propinas da boca etc. Bartolo entendeu que passava da hora de tomar alguma providência.

As ações de Racumim dentro da comunidade e o movimento de Bartolo e seus homens no entorno tinham o mesmo ideal: cortar as asas de Juliano. A partir de então, a aproximação entre os dois foram favas contadas. Passaram a trocar mensagens a fim de articular uma emboscada. Porém, para as pretensões de Racumim dentro da facção, qualquer coisa que acontecesse ao dono do morro deveria ser vista como acidente de trabalho.

Ignorando as coisas importantes que aconteciam à sua volta, naquela manhã, Juliano acordou determinado a entregar para Racumim tudo o que controlava. Na noite anterior, havia mandado juntar todas as armas que estavam escondidas, recolheu toda a droga que ainda tinha em estoque. Ficaria apenas com o dinheiro que havia poupado. Chegara a hora de seguir seu destino. Aproveitaria que não era fichado e iria morar no Ceará, onde cursaria sua faculdade de Gestão Pública. Mandou um olheiro encontrar o chefe do plantão e marcar um encontro na quadra. Reforçou que era muito importante, e que todos os que não estivessem nos postos de guarda deveriam participar.

Alguns minutos após Racumim receber as instruções trazidas pelo olheiro, um papel dobrado, atirado através da janela da viatura, caiu no colo do próprio Bartolo. O major observou de soslaio o jovem e descuidado portador se afastar, abriu e leu o bilhete. Em seguida, com um leve sorriso nos lábios, falou a seus comandados:

– Vamos subir! Hoje a gente pega a boa.

Juliano tomou banho, vestiu sua melhor roupa, e, como quem marcava um rito de passagem, saiu de casa. Jogou várias sacolas cheias de armas, drogas e dinheiro na carroceria da caminhonete vermelha e se dirigiu para a quadra.

Chegando ao local combinado, uma surpresa: a rua estava deserta. Não havia nenhum de seus homens. Um silêncio preocupante reinava.

A polícia havia feito uma operação de surpresa. Cercara a quadra e a saída principal da favela. Contrariando seu *modus operandi*, Racumim estranhamente recuara com seus comparsas. Não houve sequer um estouro de fogos de artifício, como era praxe. Juliano logo entendeu que era o único desavisado.

Juntamente com suas convicções, o bandido revolucionário foi preso em flagrante por tráfico de drogas. Major Bartolo, por sua vez, na frente das câmeras, com o peito estufado de orgulho e um sorriso triunfante, apresentou à imprensa duas pistolas, uma granada, além de alguns papelotes de cocaína, um tablete de maconha e poucas notas de cem reais.

– Ele queria fugir da favela, mas a polícia fez sua parte – resumiu.

Na outra ponta do morro, que dava para a entrada de um matagal, Racumim dirigia a caminhonete, seguido por outros três carros, apinhados de bandidos. Chegando próximo à margem da linha do trem, fez sinal para que todos parassem.

Fariam uma avaliação da parte dos produtos que foram esquecidos propositalmente na carroceria da picape pelo major Bartolo. Havia ainda uma boa quantidade de drogas e armas. O pouco dinheiro deixado enchia uma mochila azul de nylon, que já estava nas costas do bandido.

Sob o olhar desconfiado de alguns membros do bando, o agora líder do grupo, sem largar a mochila, encostou seu fuzil no muro, como se o descansasse, e falou:

– A César o que é de César! Finalmente a favela da Cotia está nas mãos certas – comemorou.

Em seguida, ordenou que dois homens descarregassem a caminhonete. Mas houve silêncio como resposta.

Ao ver que suas ordens não foram prontamente atendidas, Racumim percebeu que algo saíra do controle. Seus instintos mandaram que pegasse o fuzil de volta no canto do muro. Mas era tarde. Sinvaldo já estava com a arma em punho.

Fingindo não entender que um contragolpe se desenhava, Racumim fitou os olhos de alguns de seus homens, cujos semblantes carregados sinalizavam que o pior iria acontecer. Contudo, com toda sua astúcia, ainda teve tempo de planejar uma saída:

– Vamos dividir tudo igualmente, então a gente decide juntos quem será o novo dono do morro.

Dito isso, Racumim caminhou lentamente na direção da picape vermelha, observando o movimento atrás de si pelo espelho retrovisor do veículo. Ao perceber que ninguém se movera, jogou-se por baixo da cerca de arame farpado que separava a rua da ferrovia. Rasgando a perna e esfarrapando a mochila contra as lâminas do arame, conseguiu fugir por entre a vegetação. Várias notas de cem reais e pingos de sangue ficaram espalhados pela mata, deixando um rastro bizarro.

Um dos bandidos ainda apontou a arma na direção do fujão, mas foi contido por Sinvaldo:

– Deixa ele! É galinha de casa.

*

Alheio ao que se passava na Cotia, naquele exato momento, o jovem Macalé estava sentado numa pedra, iluminado pelos fachos do sol que atravessavam a folhagem da embaúba e refletiam na última página do livro que ganhara de presente. Enfim terminava de ler *Cidade partida.*

Morando na casa de seu pai, em Nova Iguaçu, estava arrependido de ter deixado o presente de lado por tanto tempo. Precisou abandonar a casa da mãe para mudar a forma de viver e só então conseguiu dedicar um pouco de tempo para coisas importantes, como a leitura, por exemplo.

Há algum tempo Macalé havia se afastado da boca, mais precisamente desde que começaram a surgir os boatos da demência de Juliano. Por estar sempre ao lado de seu ídolo, o jovem sabia que as histórias recentes não passavam de invencionices. Estava certo de que havia um complô para derrubar seu líder. Com medo de lhe sobrarem respingos, saiu da favela.

Alimentado pelas informações do texto, em que o autor traçava paralelos entre questões sociais e políticas como base para o avanço do tráfico de entorpecentes no Rio de janeiro, Macalé levantou-se e vagou pelo vasto quintal – espaço muito comum nas casas da Baixada Fluminense. Ao passar diante da janela da casa, uma imagem na televisão o fez parar.

Na chamada do telejornal, a apresentadora falava:

– Preso o intelectual do crime!

Macalé suspirou fundo ao ver a cena na qual Juliano era empurrado na caçapa da viatura com o tronco curvado, numa postura quase humilhante. Recusou-se a assistir o resto da reportagem.

Passadas duas semanas de reclusão, Juliano estava isolado numa cela úmida de concreto, sem receber qualquer informação. Seu futuro parecia incerto, pois sua família estava no Ceará e, pelos acontecimentos, não tinha nenhum amigo no morro da Cotia. Fazia uma reflexão sobre toda sua trajetória desde que saíra do Nordeste, as dificuldades que a vida lhe impôs, até os dias atuais. O balanço parecia desfavorável. Lembrou-se de *Crime e castigo*, um de seus romances preferidos. Pensou que se Dostoiévski o tivesse conhecido, a história da sua vida poderia ser um *best-seller*.

Algumas horas após a ter recebido a marmita de alumínio com sua refeição do meio-dia, a pequena janela na porta de ferro se abriu novamente:

– Visita! – gritou o carcereiro.

Após um longo e fraternal abraço, Juliano e Macalé sentaram-se num banco de madeira acompanhados à distância por dois agentes penitenciários. Conversaram sobre os mais diversos assuntos, com destaques a um ou outro tema. A parte mais comemorada foi quando o ex-chefe da favela soube que seu pupilo estava mergulhando no mundo da leitura.

Ao se despedirem, Macalé entregou ao amigo o livro de poemas *Pensador*, da Clarice Lispector, e um exemplar de *1968, o ano que não terminou*, do mesmo Zuenir Ventura que escrevera *Cidade Partida*.

Com ajuda de Sinvaldo, que contratou um bom advogado com as economias da boca, Juliano foi absolvido de várias acusações de crimes ocorridos durante sua gestão na favela. Acabou sendo condenado "apenas" por tráfico de entorpecentes e formação de quadrilha. Teria que cumprir oito anos de reclusão. Contudo, devido às repercussões de seu caso na imprensa, em princípio, ficaria em "Bangu Um" até as coisas se acalmarem.

E se acalmaram.

Na manhã de domingo, com alguns livros embaixo do braço, Macalé desceu do ônibus na estrada Guandu do Sena e seguiu em direção ao Complexo Penitenciário de Bangu. Na porta, havia uma viatura da polícia com o giroscópio ligado, mas sem o som da sirene, arrodeada por pequena aglomeração de repórteres e populares que dificultavam a passagem. Buchichos davam conta de que o traficante revolucionário havia morrido.

O corpo de Juliano foi encontrado atrás da quadra, com o pescoço quebrado.

JULIANA BERLIM

Professora de Português e Literaturas do Colégio Pedro II, onde coordena o clube de leitura de literatura fantástica Neuromancers. Mestra em Ciência da Literatura (UFRJ). Escritora com textos publicados no Brasil e no exterior. Fluppenseira desde 2016

Amanhã, amanhã e amanhã

Texto inspirado no conto "A Nova Califórnia"

Orientação: Henrique Rodrigues

> *"O amanhã, o amanhã, o amanhã, avança em passos mesquinhos, dia a dia até a última sílaba do tempo que se recorda, e todos os nossos ontens iluminaram para os loucos o caminho da poeira da morte. Apaga-te, apaga-te, vela fugaz! A vida nada mais é do que uma sombra que passa, um pobre louco que se pavoneia e se agita por uma hora no palco em cena e, depois, nada mais se ouve. É um conto contado por um idiota, cheio de som e fúria, significando nada."*
>
> William Shakespeare, Macbeth, Cena V.

Raimundo Flamel era o nome do forasteiro que aportara em nossa cidade sem aviso prévio e, a despeito de sua presença incógnita, a deixou tragicamente famosa. Instalara-se na casa mais luxuosa da região, um sobrado sombrio e abandonado próximo à praça central, de onde, com seu estilo de vida sóbrio, manipulava a curiosidade dos cidadãos tubiacanguenses, que se impressionaram de imediato com as maneiras elegantes, a presumida inteligência e a adivinhada astúcia do desconhecido, o qual fazia pouca ou nenhuma questão de dividir seu cotidiano com os vizinhos, açulados por inquietações sobre o figurão retirado. Salvo a constatação de ser solteiro (uma afronta para um homem de tamanha faixa etária e proeminência), por mais que tivessem tentado, os alcoviteiros da cidadezinha pouco ou nada descobriram sobre a vida privada de Raimundo Flamel. Apesar disso, a população de Tubiacanga, uma ruma de caipiras estúpidos, deslumbrou-se com o visitante e não se furtava em lhe render todo tipo de homenagem. Choviam convites para jantares, festas, reuniões, tertúlias, entretenimentos variados onde Flamel seria o convidado principal. Entretanto, o homenageado sempre frustrava as tentativas de aproximação e recusava sem pensar duas vezes esses divertimentos. A nuvem de desinformação em torno de si tornava Flamel, mesmo com uma existência tão envolta em mistério, a figura mais comentada por todas as bocas. A população de Tubiacanga jamais presumira os terríveis planos do estrangeiro, anjo exterminador de nossa cidadezinha.

Desconfiei de Flamel tão logo chegou. O perfil misterioso denunciava uma tragédia futura. Eu pressentia, suspeitava principalmente das verdadeiras intenções do cientista (outro boato cuja veracidade se apuraria com o tempo). Porque parecer com um cientista não é ser um, eu pensava. Estava mais para pilantra o tão falado Flamel, meu coração sussurrava. Eu o observava à distância quando ele se dispunha a sair de sua casa e circular entre os cidadãos com os quais mantinha rápida interação. Tentei decifrar a esfinge das atitudes do estrangeiro por bastante tempo, até que ela me alertou que no brilho do olho do carcará estava escrita a destruição de Tubiacanga trazida pelas mãos de Flamel. Ela, minha bruxa, leitora dos mistérios nas mensagens secretas da natureza. Ela, a primeira de minhas donas. Porque nesta vida só servi a duas senhoras: a minha esposa e a minha ambição. Em recompensa, ambas me presentearam com o melhor: a amada me deu o lírio de seus dias; a ambição me deu a força e a resiliência para alcançar o objetivo de me tornar prefeito deste balneário crivado da gente mais estúpida que já existiu sobre a face da Terra. Minha esposa estava coberta de razão em me insuflar a corrida ao cargo de prefeito, mostrando-me que não havia outro cidadão mais preparado do que eu para a cadeira, como ela bem vira nas vísceras do boi que a cozinheira trouxera do açougue. Ainda que o atual prefeito fosse justo, bom e meu amigo, sua reeleição era a pedra no caminho da minha ascensão. Com isso em mente, entendi que a solução para este descompasso era a retirada de um de nós dois do pleito – ele, lógico. Com este único propósito de vencer a contenda eleitoral, marquei a entrevista com Flamel, a fim de usar seus conhecimentos como químico, porque afirmavam ser esta sua formação. Ele não apenas me respondeu o pedido, como me recebeu em curto espaço de tempo.

Pontualmente, a porta do casarão foi aberta para saudar minha chegada. Nenhum criado a abrira, mas sim o próprio anfitrião, dando a entender que Flamel não dispunha de criadagem. Em uma sala pequena, à direita do vestíbulo onde se localizava a biblioteca – até pouco robusta para uma criatura que acreditavam tão sábia –, jazia uma mesa posta, com café e biscoitos de aveia. O laconismo de Flamel me impediu de prolongar a conversa a fim de preparar o terreno para o bote final, por isso me dirigi com brevidade para o motivo de minha visita: conhecer a combinação correta de substâncias que, colocadas inadvertidamente em uma xícara de chá, provocariam a morte de um indivíduo. Ao ouvir essas palavras, estimei ter visto se desenhar um sorriso de canto de boca em meu interlocutor, mas temo ter me enganado: o homem era frio como o café que me servira. Sem pedir licença, levantou-se e, em poucos minutos, trouxe manuscrita uma fórmula que, ele assegurava, mataria uma pessoa em questão de minutos simulando um ataque cardíaco. O resíduo do processo parecia açúcar, portanto, ninguém se daria ao trabalho de investigar as sobras de uma xícara usada. Agradeci a informação sem efusão: meu anfitrião trazia a indiferença no trato. Por isso, não foi sem surpresa que o ouvi falar atrás de mim, antes de fechar a porta de seu sobrado:

– Quer uma prova da eficiência da fórmula, senhor M.?

– Claro – respondi sem me voltar. De costas, como um fugitivo, selei minha desgraça.

Ela nunca topara com a pessoa de Raimundo Flamel e desconfiava ainda mais do que eu de suas reais intenções em Tubiacanga, um destino de férias. Na concepção dela, a escolha de um lugar de veraneio por um grande estudioso ocultava uma verdade sinistra. Ela estava certa, como sempre esteve em tudo. Ela me insuflava coragem; nossos filhos eram os planos e projetos que traçávamos. Minha amada imortal, como pude te sobreviver? Sem a tua presença não me restou nada.

*

O chamado esbaforido do empregado do chalé me desestabilizou no meio do expediente. Saí com ele em desabalada carreira até a casa, distante a poucos quilômetros da prefeitura, onde eu dava expediente como assessor do prefeito (ela e eu tínhamos uma pousada). O negro não conseguia pronunciar uma palavra coerente, com o que estimei a gravidade do assunto, porque se tratava de pessoa calma e conversadeira. Saltamos do carro e corri para minha casa, onde vi as portas escancaradas. Gelei por dentro. Com as pernas bambas, subi as escadas até meu quarto. Abri a porta e vi o médico debruçado sobre o corpo de minha esposa. Ao ouvir o som de minha entrada, doutor Pessanha me abraçou o pior abraço da vida. "Sinto muito, M. Coração, infarto fulminante." Ouvi aquelas palavras sem ouvi-las. Me dirigi até o leito de morte de minha mulher, antes nosso leito conjugal. Eu não conseguia chorar, eu não conseguia soluçar. Recostei a cabeça no colchão perto da mão esquerda dela e dormi. No curto espaço de tempo do sonho que tive (um sono, segundo testemunhas, de dois minutos!), veio a mensagem. Assim como ela fazia, eu tinha encontrado nos sinais da natureza a resposta; no meu caso, dentro da minha natureza íntima. Levantei de repente, esfreguei com força o rosto e desci as escadas saltando degraus até a cozinha, onde a empregada chorava baixinho, cortando legumes. Eu a interpelei com o rosto lavado de lágrimas:

– A senhora M. recebeu a visita de alguém?

Ela, apenas levantando a cabeça, foi até um canto do armário da cozinha e pegou um cartão de visitas:

– Estava na mão da madame quando tudo aconteceu.

Li a litografia antiga arredondando a identificação “Raimundo Flamel” em alto-relevo. Sob o conjunto delicado, a inscrição “Químico”. Virei incrédulo o cartão para ler, no verso, escrito à caneta: “Experimento bem-sucedido. Comemore, meu caro.” Em vez de perder os sentidos, aguceі-os: ainda naquela noite, eu mataria Raimundo Flamel.

Peguei a faca mais afiada da cozinha e corri em direção ao carro. Girei a chave na ignição e corri até a altura do cemitério, à espera do maldito. Alguém testemunhara uma rotina pública e a divulgara para a cidade: um passeio diário de Flamel em torno do cemitério, precisamente às 21h, sempre sozinho, como um filósofo errante. O cretino parecia investigar o campo-santo de alguma forma, mas até então, ninguém sabia ainda o porquê dessa peregrinação. O que chegara até mim é que, no dia anterior ao assassinato dela, poucas horas após minha entrevista com o cientista desgraçado, autoridades da cidade o encontraram em uma missão bastante secreta, sobre a qual só tomei conhecimento pelo cargo público que ocupava e dias depois dos episódios daquele dia maligno que mudara tudo. O motivo do encontro era conhecido apenas pelos presentes à sessão. O forasteiro tramava um balaio muito bem amarrado de cerdas desconhecidas para todos. Eu ardia em febre, ódio e certo terror do péssimo ser humano que a cidade acolhera como um semideus. Adormeci de tensão à espera de meu inimigo. Dormi muito além do pretendido, motivado pela exaustão provocada por minha perda. Ao acordar, deparei-me com uma cena indescritível, que me desestabilizou para sempre.

A cidade de Tubiacanga em peso percorria a pé o cemitério. As melhores e piores pessoas do município se irmanavam na busca de ossos para que fossem transformados em ouro. Alguém, cuja voz me recuso a aceitar, proclamava a plenos pulmões a descoberta de Flamel, que atualizava a seu modo a fórmula da pedra filosofal de séculos anteriores. O desgraçado arrastara o nome da cidade literalmente na lama, fazendo com que os tubiacanguenses mostrassem o seu pior lado. Me senti desconcertado. Vi famílias inteiras profanarem os túmulos de seus entes queridos em nome da ganância. A derrocada moral de Tubiacanga alcançava seu ápice por obra e graça dele, o maldito Raimundo

Flamel. Maldito, que despertara em nossa cidade a podridão da raça humana. Maldito, mil vezes maldito. Maldito seja seu nome e o de sua descendência, Raimundo Flamel. Para onde quer que você tenha fugido, irei caçá-lo, demônio. Destruirei o ouro que você andou fabricando com os ossos roubados dos túmulos de nossa gente, destruirei tudo que sua mão tocar e sua alma amar. Até nas fossas abissais do inferno irei buscá-lo se for preciso. Todos os seus amanhãs serão meus, maldito Raimundo Flamel!

LUCIANO NASCIMENTO

Luciano Carvalho do Nascimento é natural de São Gonçalo/RJ. É Professor Titular do Colégio Pedro II, e, além de participações em outras antologias de textos literários (na própria Flup e também na Festa OFF-Flip, por exemplo), publicou, individualmente, três livros: o infantil-juvenil *A elefanta e o formigueiro* (Ed. Cândido), a antologia de contos *Bandeira branca, sinal vermelho* (Ed. Autografia) e o científico *Jamelão: o jequitibaobá e eco da voz do dono* (Imperial Editora).

TRAVÉS

Texto inspirado no conto "O homem que sabia javanês"

Orientação: Angélica Ferrarez

Laroyê!

Sentado à beira da cama, celular nas mãos, olhos no nada, Afonsinho lembrava de sua primeira vez no terreiro de tia Maria Firmina. Ele ainda era bem garoto, mas nunca esqueceu o que viu e ouviu lá.

Dia de São Cosme e São Damião. Em várias ruas do subúrbio, automóveis disputavam espaço com grupos de crianças de várias idades e tamanhos, dispersas nas gargalhadas, mas atentas a qualquer novo ponto de distribuição de doces. Aí era a lei do mais forte, cada um por si. Mas sempre aparecia alguém pedindo outro saquinho pra levar pro irmão pequeno, que tinha ficado em casa com febre. Aqui e ali um tropeço, um tombo, um choramingo por ter ficado chupando só o dedo; às vezes um carro pegava alguém e a festa acabava em tragédia para os envolvidos. Todo 27 de setembro era assim nos subúrbios do Rio.

Naquele, seu João resolveu levar Afonsinho pra festa no centro de umbanda que ele visitava quase toda sexta-feira, meio às escondidas. O terreiro era em Pilares, bairro vizinho a Todos os Santos, onde a família morava. Foram a pé. O menino estava com seis anos, tinha acabado de perder a mãe e o pai tentava alegrá-lo um pouco. Na hora em que saíam de casa, chegou um primo de Seu João, o Joaquim Maria – Joca para os chegados. Afonsinho não simpatizava com aquele homem carrancudo. Emburrou também a cara. Seguiram.

Não fizeram o trajeto mais curto, pela Avenida Suburbana. Não! A Suburbana não era lugar para se caminhar; bom era serpentear pelas vias internas dos bairros, aproveitando as sombras das árvores que restavam nas calçadas ou no limite dos quintais. Afinal, seu João dizia, sem gastar sola de sapato ninguém conhece cidade nenhuma, nem a própria.

Quarenta minutos depois de terem saído de casa e se admirado com os detalhes das moradias de muros baixos, varandas e quintais guardados por santos, sapos e anões de Branca de Neve, Afonsinho já estava cansado da andança; por isso resmungou quando viu a ladeira à frente. E, é claro!, o terreiro ficava no ponto mais alto da subida: macumba boa exige sacrifício até para chegar.

Muro alto branco, portão de madeira pintado de azul-marinho; na pequena marquise em cima dele, um porrão cheio de espada de São Jorge, arruda e guiné. Qualquer um que conhecesse um pouquinho a cidade e passasse por aquele endereço não teria dúvida: ali rolava curimba; era só descobrir quando (e, por curiosidade ou necessidade, grande parte das pessoas agia assim, inclusive muitos católicos e evangélicos fervorosos).

A calçada estava cheia de gente esperando permissão para entrar. Eram algumas mulheres, uns poucos homens e muitas, muitas crianças. Vindo do outro lado do muro, o toque dos atabaques sustentava vozes femininas em cantigas estranhas para não iniciados. Seu João e Joca, que até ali conversavam bastante, silenciaram. Afonsinho viu seu pai juntar as mãos na frente do corpo, encostar o queixo no peito e fechar os olhos. Joca, ao contrário, manteve os seus bem abertos. Não demoraram a colocar o povo pra dentro.

O pequeno ia passando pelo portão azul quando o celular o trouxe de volta para o presente, adulto. Reconheceu o prefixo: empresa de cobrança; tinha dívidas, não sossego. Silenciou o aparelho, abraçou o travesseiro, se aninhou em posição fetal, suspirou fundo e voltou à infância.

Bem junto à soleira do portão começava um corredor de pedrinhas miudinhas bem brancas, margeado por outras maiores no mesmo tom. Por entre flores e árvores variadas, o caminho das pedras assumia a forma de cruz dois ou três passos depois da entrada. A parte maior levava direto ao espaço principal, aparentemente uma casa comum, de paredes alvas, portas e janelas azul-claro, afastada uns vinte metros do muro da frente. Paralelo a esse muro, quase colado nele, o passadiço ligava a duas pequenas construções, cada uma de um lado do terreno. À esquerda de quem entrava, um minúsculo alpendre de paredes caiadas; no chão dele, jarros com rosas brancas dividiam espaço com estátuas de pretas e pretos velhos; presa na parede, de frente pra entrada, uma cruz de madeira escura. À direita de quem chegava, o passadiço levava a uma casinhola de pé direito baixo, paredes pintadas de vermelho, sem janelas, com uma porta estreita, que mal se podia ver por ser da mesma cor das paredes. Entreaberta, essa porta deixava ver as faces internas do cômodo, igualmente vermelhas, onde a luminosidade oscilante insinuava o reflexo de velas acesas.

Várias pessoas, ao passar pelo portão, iam até essas construções, se abaixavam, tocavam três vezes na soleira da entrada delas e sussurravam segredos. Depois faziam o trajeto de volta e só então iam para a casa maior. Seu João cumpriu esse ritual inicial; Joca e Afonsinho o aguardaram na encruzilhada do caminho das pedras, desconfiados.

Lembrar dos instantes seguintes provocou um arrepio no corpo aninhado de Afonsinho. Era a memória da pele gritando; foi um arrepio exatamente assim que começou a ir e vir em todo seu corpo de criança conforme ele, seu pai e o primo se aproximavam da entrada da casa de onde vinham a cantoria e o som dos atabaques. As vozes e as batidas no couro dos instrumentos, mais e mais altas, pareciam se refestelar em seu peito. Aos poucos, então, foi se sentindo como quando sua mãe o tomava nos braços e o descia carinhosa na tina de água morna. Relembrar agora a cena reacendeu aquela sensação de acolhimento que Afonsinho tantas vezes tinha buscado na adolescência e na maioridade, em vão.

A construção maior não era de fato uma casa, mas um salão caiado de cima a baixo, por fora e por dentro, coberto de telhas claras e com grandes janelas voltadas para os quintais da frente e dos fundos. O chão era de barro batido de um tom coral encarnado, que realçava a brancura de tudo à volta. Na verdade, aquele chão vivo era "o terreiro".

À direita da entrada desse barracão, onde algumas pessoas cantavam e dançavam em roda enquanto outras as acompanhavam com palmas, a parede era ocupada por velas, jarros floridos e estátuas de vários tamanhos. Era o altar, o "congá". Poucos passos à frente do canto direito dele, três homens tocavam seus atabaques; de frente pra eles, a centímetros do canto esquerdo do congá, sentada numa cadeira de vime, uma senhora bem idosa, baixinha e de cabelos crespos algodoados distribuía os sorrisos. Era tia Maria Firmina.

O menino demoraria a tirar os olhos dela. Justamente por isso, viu quando a anciã ergueu e baixou lentamente o braço esquerdo, gesto que calou o canto e os atabaques. Todos dentro do barracão aplaudiram – o menino não compreendeu por quê. Depois, ao ver a velha com a mão direita estendida, duas ou três pessoas mais próximas a ajudaram a se levantar. Ela caminhou com dificuldade para o meio do terreiro e agradeceu a presença de todos, sem parar de sorrir um segundo sequer. Sua voz quase inaudível soava tão hipnotizante quanto a mesa de doces e frutas que ela mandou colocar diante do congá. Então, quando julgou a arrumação adequada, sempre sorrindo, ela ergueu os braços na direção do altar, agradeceu pela fartura da mesa e por ainda ter forças para trabalhar para a realização daquela festa. A seguir, já rindo alto, mandou os homens recomeçarem a tocar para as crianças, porque quem precisava chegar já tinha chegado.

Abraçado ao travesseiro na cama de Todos os Santos, Afonsinho sorriu largo também lembrando da sua surpresa e da incredulidade de Joca com os acontecimentos a seguir, anos atrás: mal os atabaques ressoaram, o corpo aparentemente debilitado da anciã ganhou forças, se estendeu, começou a girar, saltar, gargalhar e bater palmas aos gritos de "Cheguei! Cheguei! Cheguei!" enquanto corria pelo terreiro, abraçava, pedia e dava benças. A maioria dos presentes ria muito também com a cena, seu João inclusive. Afonsinho não entendia nem acreditava no que via; Joca, menos ainda.

Uma a uma, sem demora, outras pessoas também começaram a se comportar de maneira parecida, gargalhando, correndo, saltando, batendo palmas... Tudo recendia a incenso, flor, vela, bolo, guaraná, suor e devoção. A babel sensorial era tamanha que Joca e Afonsinho não perceberam a aproximação sorrateira de tia Maria com a cumplicidade de seu João. Quando eles se deram conta, a recém-ex-velha já os arrastava pelos pulsos para fora do terreiro, aos pulos. Uma mulher seguiu o trio, levando nas mãos um pedaço de bolo e um copo de guaraná. O pai do menino ficou observando de longe.

Tia Maria os levou pelo caminho de pedras miudinhas em direção ao portão da rua, mas estancou no nó da senda em cruz e, olhando bem nos olhos espantados dos dois, disse:

– Cês sabe quem eu sô? – Eles negaram com a cabeça – Eu sô Mariazinha, *sô* kiança, sô erê; a véia mi impresta u corpu pá mim fazê caidadi. Eu truxe ocês aqui fora, tiuzin, só pruque quem qué falá cum ocês num dévi parecê lá dentu agora, nu mei das kiança. Mas já tá puraki. – Acabou a frase emendando em outra, dirigida à mulher – Dá cá issu, tiazinha!

A entidade, então, tirou um pedaço da fatia de bolo, colocou dentro do copo com guaraná, depois juntou mais outro pedaço à mistura inicial, até ela virar uma pasta mais ou menos homogênea. Realizou a operação com um tipo de seriedade jocosa que mal disfarçava o sorriso matreiro no rosto enrugado da anciã. Depois de tudo bem misturado – segundo ela – a criança juntou os cinco dedos da velha em pinça, enfiou-os dentro do copo, retirou uma boa porção da pasta e, sem dar tempo para a reação dele, enfiou tudo na boca de Joca, aberta diante da sucessão de eventos inconcebíveis para sua mente cética.

Afonsinho, que ainda tentava negar a mistura oferecida pela entidade, cedeu sem querer quando também abriu a boca de espanto ao perceber os espasmos de Joca ao seu lado. Com os olhos esbugalhados, o homem perguntava em voz alta o que era aquilo, o que estava acontecendo com ele. Mariazinha primeiro gargalhou por causa do pânico do "convidado", mas, quando os tremores iniciais viraram gritos e convulsões violentas, ela disse que era hora de ir. Agarrou o pulso da mulher que os tinha acompanhado e a arrastou de volta para o barracão, deixando pra trás Afonsinho e Joca – que agora se debatia em urros. Passou correndo por seu João e disse:

– Ficaqui. Num si meti, Tiuzin!

De repente as convulsões e os urros pararam. Joaquim Maria arfava de cabeça baixa, o rosto ainda mais sisudo. Afonsinho estava assustado, mas se sentia atraído pelo mistério. Então viu Joca começar a abrir os olhos, lentamente. Além de mais sérios, estavam muito avermelhados. Chegavam a ser severos, intimidadores. Mesmo assim, o garoto não desviou deles nem quando o homem afinal rompeu o silêncio:

– Boa noite, moço!

Outro arrepio forte percorreu o pequeno corpo de Afonsinho: além de mais grave, a voz do primo de seu pai tinha uma estranha rouquidão. Não havia respondido ao cumprimento ainda quando o homem lhe virou as costas e saiu dizendo:

– Vem cumigu.

Caminharam até a porta vermelha da casinhola da esquerda. Ali Joca parou, se voltou para o garoto e falou seco:

– Ficaqui. – E entrou no cômodo sozinho. Voltou logo, com um charuto aceso na boca. Parou diante do guri, deu duas baforadas profundas, jogou a fumaça para o alto, lançou a vermelhidão de seus olhos no fundo dos do menino e perguntou:

– Você sabe quem sô eu, moço? – Afonsinho fez que não com a cabeça. – Eu sô Exu Tranca-Rua das Sete Encruzilhadas; já ouviu falá de mim? – O menino negou e ele continuou – Eu acumpanhu vocês dois há muito tempu, desdi muitu antes di vocês nascê – disse movendo o indicador do próprio peito ao do garoto, ora um ora outro

– Acumpanhu muita gente igual a vocês; aliás, são vocês qui mi acumpanha.

Então soltou a gargalhada mais sinistra que o menino já tinha ouvido.

– Tenha medo di mim não, moço. Tô aqui pra ti mostrá uma coisa importanti, qui você inda num tinha vistu.

Ao falar essas palavras, Tranca-Rua segurou a cabeça de Afonsinho com as duas mãos, suas palmas sobre as orelhas do menino. As mãos de Joca eram grandes e a cabeça do garoto, pequena; cada polegar do homem repousou com facilidade sobre cada um dos olhos fechados do filho de seu João. Acariciando-os de leve, Exu disse:

– Moço, di hoji em diante, você vai enxergá u mundu di verdadi.

Assim que ouviu essas palavras, Afonsinho começou a sentir os olhos arderem muito, como se pegassem fogo. Pensou em esfregá-los, porém a entidade continuava segurando firme sua cabeça.

– Di hoji em diante, você vai enxergá u mundu di verdadi. I nem sempri vai gostá du qui vai vê. Só num esqueça: Tranca-Rua vai tá sempri du seu ladu. Até dipois du fim.

Então Afonsinho sentiu um hálito forte bem próximo e entendeu que o guia havia soprado junto ao seu rosto. Imediatamente seus olhos pararam de arder. Aos poucos, receoso, o garoto começou a abri-los; embora sua visão estivesse embaçada, conseguiu vislumbrar o homem à sua frente. Quando as vistas melhoraram, Afonsinho não conteve a surpresa:

– Você é... é... – e num ímpeto, olhou o próprio braço – a gente é preto... – estava atônito. A gargalhada de Tranca-Rua fez tremer até o chão.

– Eu, não! Meu cavalu é – a entidade falava de Joca –, você é. Eu sô pretu, brancu, azul, verdi, vermelhu... Não tenhu cô i tô em todas as cô. Não tenhu forma, mas conformu e encruzu todas as fôrma. Eu sô Exu.

Aquelas palavras estranhas soavam familiares a Afonsinho. Diferentemente dos outros meninos da sua idade, pra quem o mundo em geral coincidia com o que seus sentidos apreendiam, o filho de seu João, desde que se entendeu por gente, sentia uma espécie de desencontro entre as coisas e, por conseguinte, entre elas e ele. Nada se encaixava em si com justeza, sempre havia algo faltando ou sobrando. Era uma sensação íntima, nunca dividida com ninguém. Mas Exu o conhecia do direito e do avesso.

– Moço, presta atenção: hoji cê cumeça a matá a curiosidadi qui nasceu cuntigu. Só qui u preçu di matá essa curiosidadi é altu, purque u pôçu das resposta num tem fundu nem bêra. Uma pergunta ti leva a sete resposta, qui ti leva a catorze pergunta... Num acaba. A maioria di vocês in terra num inxerga as coisa di verdadi, purissu também num pergunta di verdadi i si cuntenta cum qualqué resposta mintirosa. Uns pôcu são como você.

– "Como eu" como?!

– Inconformadu. I é dissu qui eu gostu. Cê tem justiça nu peitu i gana nu sangui. Eu só acendu luz na sua cabeça. Só qui num ixisti luz sem sombra, nem sombra sem luz – Exu gargalhou, o chão sacudiu de novo, Afonsinho estremeceu na cama em Todos os Santos.

– Pra quem num sabi perguntá, us olho vê u qui a menti iscolhi olhá. Di agora em dianti, cum essa luz na sua cabeça, cê vai fazê diferenti. Seus olho vai olhá, sua menti vai vê, dipois cê vai si perguntá si intendeu di verdadi u qui viu. Sempri. Essas pergunta vai fazê cê olhá di novu, sua menti vai vê outras coisa i fazê outras pergunta...

– Mas pra quê tanta pergunta?!?! Isso não vai ter fim nunca?!?! Quem vai me responder?!?! E como é que eu vou saber se a resposta está certa ou errada?!?!

Tranca-Rua gargalhou de novo, por mais tempo. Depois, plantou o olhar no fundo dos olhos do menino enquanto tragava a fumaça do charuto pro fundo do próprio peito e, pela primeira vez, a jogou na direção do rosto de Afonsinho, que fechou os olhos e começou a tossir. Quando os abriu outra vez, não havia ninguém à sua frente. De dentro da casinhola vermelha veio a voz rouca cantando:

– Exu num brinca! Exu num é brincadêra! Onze hora plantô bananêra, meia-noiti bananêra deu cacho, banana num madurô, Exu botô bananêra embaixu!

As paredes internas do cômodo pareciam refletir chamas altas. Afonsinho achou que Joaquim Maria estivesse em perigo. Entrou correndo na construção e encontrou o primo estirado de bruços, com a testa colada no chão, os braços abertos em cruz. Centímetros à frente da sua cabeça, a única fonte de luz visível no ambiente: uma vela acesa junto aos pés descalços da estátua enorme de um homem usando calça, capa e cartola pretas, sem camisa, com um sorriso largo no rosto e olhos incendiários fixos nos do menino.

O fogo daquele olhar cauterizou o fluxo linear das memórias de travesseiro de Afonsinho. Uma dor aguda lhe rasgou o peito, trazendo a reboque de si uma erupção de cenas aparentemente desconexas: o rosto sem vida da mãe, a zombaria racista dos colegas de escola, seu primeiro porre (ainda garoto), a primeira internação do pai no manicômio, os sorrisos pretos dos irmãos, a rejeição branca ao seu trabalho, a beleza e o horror passando emoldurados pelas janelas do trem que cruza a cidade do Centro até o subúrbio. Tudo isso lhe vinha à mente em *flashes* mais ou menos nítidos, conforme a lava da lembrança ardia e latejava seu peito solitário. Sim, mais do que as lembranças, a matéria prima de sua dor era essa: a solidão – agora ele via claramente. Era a solidão o fundo comum das imagens que desfilavam por sua cabeça. Mesmo em meio às pessoas, sempre estivera sozinho, como se só ele ouvisse além do audível, visse além do visível, sofresse além do concebível. Por isso, os livros – os que lia e os que escrevia – eram sua companhia mais constante, seu isolamento povoado por personagens fictícios ou históricos, ora sãos ora loucos, a exemplo dele próprio, ora sombra ora luz. Porque "não existe luz sem sombra, nem sombra sem luz", Exu Tranca-Rua das Sete Encruzilhadas tinha ensinado. Será que Joca ouvira essa mesma lição? Ele também era escritor e, de tão solitário, na velhice tinha se tornado casmurro como um dos seus personagens; "uma espécie de bruxo", comentavam no seu velório há alguns anos. Exu dissera que acompanhava muita gente como eles dois: Afonso e Joaquim Maria. Quem seriam essas pessoas? Seriam todas pretas? Não, não... separação assim nunca fez sentido, Exu sabe! Gente justa e inconformada, isso sim, como ele disse que gostava. Gente que não aceita ser tratada como inferior e por isso se rebela, até enlouquece. Gente que deseja ser livre pra só se prender por vontade própria, como quiser, com quem e o que quiser, quando e enquanto desejar. Porque nem a morte deve conseguir desatar laços livres desse jeito. Exu lhe permitiu enxergar isso. Aliás, Ele mesmo disse que não o deixaria nem depois do fim, Afonso lembrou. E sorriu sereno ao perceber um leve torpor tomando seus músculos, a fumaça de um charuto invadindo suas narinas e o som de uma gargalhada gostosamente familiar alcançando seus ouvidos...

Mesmo silenciado, seu celular continuou recebendo chamadas.

MÁRCIO JANUÁRIO

Das coisas que aprendi nas escolas, as mais importantes vieram no Jardim de Infância. Depois disso, algumas coisas foram legais e outras uma grande perda de tempo, por isso me libertei da escola. Hoje me dedico com afinco na feliz arte de me desaprender de mim. Tenho cantado, dançado e contado histórias por aí e se não tiver Encantamento, não serve pra mim. Envelhecer é interessante, os músculos, tendões e nervos ficam flácidos e a cabeça fica mais dura, ainda bem que existem a maconha e a felicidade de ir. Ser coisas é muito chato, mas existir é bom demais. Ô Sorte!!!

Pavilhão dos mortos vivos

Texto inspirado no romance "Cemitério dos Vivos"

Orientação: Vagner Amaro

Prólogo

Blackout – Som de sirene e barulho de alunos se levantando e saindo de uma escola, vozes em *off*.

– Lima Barreto é o caralho, todo ano é essa porra. Esses pereba desses professores arrumam um autor de mil seiscentos e minha avó nas fraldas, que nóis num entende é porra nenhuma do que eles fala. E quer forçar nóis a gostar e dizer que é bom.

– Ano passado foi o tal do Machado de Assis...

– Machado de Assis é meus ovos! E a professora Marta vivia dizendo que ele era um exemplo pra nóis, porque ele era preto e era um gênio. Foda-se, caguei pra pretice e pra genice dele.

– E nóis ainda pegou essa chata de professora de Português de novo...

– Ela diz que é artista, pinta os cabelo de rosa e quer falar que nem novinha, mas no fundo, ela é pela saco, que nem as outras.

– Pega a visão! Se ela fosse artista mermo, tava era fazendo novela e não dando aula numa escola na favela.

– E quando tá todo mundo zoando e ela fica pancadona, dizendo pra nóis respirar e achar o ponto zero e essas porra de nasmastês?

– Nasmastê de cú é rola.

(Luz acende aos poucos, foco no ator. Tavinho, um jovem negro com uniforme de escola municipal, está sentado de costas, numa cadeira com mesa de escola, lendo e escrevendo. Continuam as vozes em *off*).

– Se liga, menor, a lá o Tavinho, lendo livro que nem um pamonha, com certeza ele gostou do tal do Lima Barreto. Tu viu quando a professora Marta falou que o Lima Barreto foi pro hospício...?

– Aí, o Tavinho se identificou. Na família dele tem um monte de maluco, o pai quando bebia ficava como? Transtornado. A mãe dele do nada começa a falar sozinha e sai catando lixo pela favela. E o foda que os maluco não quer nem saber se é doida, pega e mete a vara. Todo ano a mãe dele aparece embuchada e ninguém sabe quem é o pai. E a irmã dele tá indo pro mermo caminho...

– Qualé, menor? Comigo num tem tempo ruim, não. Se eu encontrar a irmã dele dando mole, eu como mermo...

– Se pá, tu já comeu até a mãe deles também.

– Qual é, rapá, tá maluco? Ela só anda suja e toda fedendo. Ali eu não vou ir nunca, mas a irmã é novinha, é pretinha e tem uma rabeta bem gostosinha...

– E na moral, falaram que os cara da boca já tão comendo e botando a novinha pra mamar...

– Quer saber? Se bobear eu como a mãe, a irmã, o Tavinho. E até tu e a tua mãe também...

(Barulho de gritos e algazarra dos alunos aumenta e para de repente. Luz aumenta no fundo do palco)

Cena 1

(Tavinho, ainda sentado, fica de frente para o público e fala como se estivesse se confessando.)

– Tem dias que dá vontade de morrer, ou de matar todo mundo. Depois passa na televisão que um maluco entrou na escola com uma arma e matou todo mundo e ninguém sabe por quê. Vai aturar, todo dia, um bando de capetas numa sala de aula, junto com os pela saco dos monitores, professores, diretores e os caralho a quatro. A escola é um inferno, parece um pavilhão de malucos, que nem o pátio do hospício onde eu visitava a minha mãe quando eu era criança. Nem é bom lembrar essas coisas. Agora eles não internam mais e ela fica solta pela rua. Dá o maior medo de um dia ficar louco também, que nem as outras pessoas da família. Depois da pandemia, tem um monte de gente ficando maluca. Todo mundo fica falando que tem que ter diálogo, mas ninguém escuta ninguém. Parece que nem os médicos sabem o que estão falando.

(Tavinho se levanta e anda inquieto pelo palco, falando o texto mais rápido)

– Os coroa ficam reclamando que tá tudo mais rápido e não se tocam que eles tão ficando velho e querem ter disposição pras paradas, só que ao invés de fazer, eles quer que nóis vai fazer as coisas pra eles e do jeito deles. E nóis não tamo querendo fazer é porra nenhuma como eles fazem e nem ficar igual a eles, aí dá essa merda toda. Eles ficam reclamando de tudo e que nóis não sabe fazer nada direito, eles é que tão ficando velho e sequelado.

(Sons de favela vão aumentando aos poucos)

– Pra nós tudo sempre foi rápido e zuado, uma porrada de coisa acontecendo ao mesmo tempo e os lugar sempre cheio. Dentro e fora dos barracos sempre tem som alto tocando todo tipo de música, barulho de carro, de moto e das igrejas tocando louvor. Tudo ligado ao mesmo tempo e no último volume pra estourar mermo os miolo dentro do crânio. Os moleque favelado já nasce cheio de paranoia e ódio de tudo.

(Tavinho fala o texto com mais vigor e revolta)

– E fica um monte de pela saco perguntando o que é que nóis vai querer ser. Porra, não tá dando vontade de ser nada! Pra quê perder tempo indo na escola? Pra quê ler livro? A maioria dos moleque não aprende porra nenhuma e o pouco que nóis aprende não serve pra nada. Quem vai querer ser professor? Advogado? Engenheiro? Tem um monte de gente com diploma se matando pra trabalhar de uber e i-food, tem uns que tem sorte e consegue trabalhar de gari. Teve uma aula que a professora Marta foi falar de profissão e que eu tinha talento e poderia ser escritor. E aí que fudeu tudo, os moleques começaram a dizer que eu era viado e que ia ficar igual ao Lima Barreto.

(Ator faz uma pausa e fica mais revoltado)

– O melhor mermo é entrar pra polícia ou virar segurança, pelo menos tu anda armado e se der qualquer caô, tu vai logo mandando bala e diz que foi em legítima defesa. Nem trabalhar na boca tá valendo mais a pena, as novinhas não tão querendo mais nada com os vapor, só tá valendo se envolver mermo com os bandido que tão na chefia. Tem dias que dá vontade é de matar todo mundo.

(Som para de repente, Tavinho para na frente do palco e pergunta para a plateia)

– Pra quê ser gente? Pra quê ser humano? Vale a pena estar vivo nesse cemitério de vivos?

(*Blackout*. Vozes em *off*, as luzes vão acendendo aos poucos. Tavinho, perto da mesa da escola, vai colocando lentamente os livros e cadernos na mochila, depois tira tudo da mochila e começa a guardar de novo. Ele vai repetindo essa ação de forma mais frenética. Vozes em *off*)

– Tu viu, mané? A professora Marta surtou mermo...

– Eu tavo lá no dia, os moleque tocaram o terror porque ninguém queria ficar na sala de leitura e ela começou a chorar e a pedir silêncio, geral começou a rir e a zoar, ela ficou transtornada e tiveram que chamar a diretora e os monitores...

– Foi maneirão, ela ficou doida mermo, toda descabelada e falando umas parada que não dava pra entender e ninguém conseguia segurar ela, não.

– O bom é que deram um sumiço nela e disseram que até o final do ano nóis vai ficar sem aula de Português.

– Tá vendo, ela ficava querendo trazer pra nóis esses livro de gente louca, agora vai é usar camisa de força que nem o Lima Barreto.

– Até que enfim aconteceu alguma coisa boa nessa porra dessa escola...

(Luzes vão diminuindo enquanto Tavinho continua fazendo a sequência de movimentos frenéticos)

MICHELE SILVA

Michele Silva é bibliotecária e gestora cultural, mestranda no Programa de Pós-Graduação em Cultura e Territorialidades da Universidade Federal Fluminense (UFF) e atua no âmbito das políticas públicas e bibliotecas.

A carne mais cobiçada do mercado

Texto inspirado no romance "Clara dos Anjos"

Orientação: Julio Ludemir

> *"Nós não somos nada nesta vida."*
> Lima Barreto, Clara dos Anjos

Meu nome é Carolina, sou fruto de um encontro do Nordeste com o Rio de Janeiro, mulher preta de pele clara, suburbana, origem humilde e com vivências múltiplas, de coisas boas, mas nem sempre as coisas são assim. Aprendi com a minha fé que eu precisava "ler para ensinar meus camaradas" (Salve, Maria Bethânia!), senso de comunidade, união e, por esse motivo, escrevo para dar as mãos às outras pessoas pretas, principalmente as mulheres. Lima Barreto escreveu em 1922, em *Clara dos Anjos*, que nós não somos nada diante de tanta impunidade, usurpação, entre outras crueldades que vivemos até hoje, em 2023. Mas penso que, na verdade, nós somos tudo e é por isso que eles nos perseguem o tempo todo, de diversas formas.

Para contar essa história, preciso voltar aos anos 2000, quando eu tinha onze anos de idade. Minha irmã Gabriela, dez anos mais velha que eu, encontrou um companheiro com o qual decidiu dividir seus sonhos, seus planos, suas ambições, sua vida e sobretudo sua família. Seu nome era Leonardo. Um homem branco, mais velho, morador de um bairro promissor, perto da praia, de personalidade agradável, empreendedora, um encanto de pessoa aos olhos de quem o conhecesse. Para os nossos pais, de início, não foi a união mais sonhada para a primogênita, mas, como no famoso quadro espanhol *A redenção de Cam*, o projeto de embranquecimento estava e ainda está no imaginário social brasileiro. Conscientemente ou não, até que não seria ruim, o "bom partido" na família.

Leonardo conquistou a todos. Ao longo de vinte anos, ele foi como um colonizador. Chegou a uma terra que já tinha uma história, convenceu-nos de algumas coisas, matou em outras e finalmente marcou aquele lugar. Impôs a lembrança e a mágoa para o resto de nossas vidas. Os sonhos de Gabriela pareciam se conectar com as oportunidades oferecidas por Leonardo: ascender social e financeiramente, ser dona do próprio negócio, viajar pelo mundo, ter um filho, entre outras coisas que certamente o olhar apaixonado, que desperta confiança, permitiria a qualquer pessoa viver.

Para mim, com meus onze anos de idade, também era algo encantador e novo passar as férias escolares em um condomínio diferente do meu. Onde minha irmã morava, tinha TV a cabo, internet aos domingos, piscina, sauna, quadra de esportes, amigos novos e um ônibus que levava até o shopping e trazia de volta (bastava ter uma carteirinha). Por todos os lados havia muitas ofertas e oportunidades, sobretudo para Leonardo. Hoje eu entendo que Gabriela foi e ainda é um combustível essencial para suas ações, um recurso inesgotável, uma grande oportunidade.

Tudo mudou para mim nas férias – as últimas que passei lá. Gabriela saía para trabalhar todos os dias enquanto eu ficava em casa com Leonardo. Entre um lazer e outro daquela grande novidade, uma perversão. Uma, duas, três vezes, de um toque maligno, cruel, malicioso e devastador na infância. Não havia mais interesse nas férias, na piscina, na internet aos domingos ou qualquer outra coisa. Ainda que houvesse, os sentimentos eram tão confusos e tristonhos que era difícil entender de forma racional o que era certo, o que era errado. Apesar de saber que era errado o que ele fizera. Está aí um tópico importante na nossa sociedade. Educação sexual nas escolas é mais que necessária.

A escola percebeu a mudança no meu comportamento e pediu uma reunião com minha mãe, da qual ela saiu com a orientação de procurar um profissional da psicologia para um acompanhamento. Mas o que eu poderia falar para a psicóloga? Eu lembro até hoje da ladeira que tínhamos que subir para chegar à sua sala, no Hospital Pedro Ernesto. A sala era cinza e fria. Ela me fazia perguntas com uma fisionomia vaga e a sua pele branca. Eu não queria responder às suas perguntas. Não sabia o que a fala poderia causar naquele momento da minha vida. Não tinha dimensão. O sufocamento da fala se transformou em choros repentinos à noite e um não entendimento dos meus pais, sobretudo da minha mãe.

Até que um dia, depois da escola, decidi falar o que tinha acontecido para Gabriela. Não me lembro exatamente da sua reação, talvez tenha chorado. Mas lembro de uma tentativa de acolhida (ou simplesmente uma fuga do momento) ao me levar para comer um hambúrguer que vinha com brinquedinho. Sim, aos onze anos eu ainda tinha interesse em brinquedos e jogos. Era uma criança. Na semana seguinte, Gabriela me trouxe uma devolutiva: ele tinha jurado pelas filhas, frutos de casamentos anteriores, que nada tinha acontecido. Se ela acreditou nisso ou não, eu vou morrer sem saber. Mas certamente a minha cabeça de onze anos ficou ainda mais confusa. Ao ponto de eu me questionar se o que tinha acontecido fora real.

Com o passar dos anos, as ambições do casal cresceram. E quando completei dezoito anos, Gabriela e meus pais, que nunca souberam de nada e também não entendiam a legislação que rege as pessoas jurídicas, me pediram para que assinasse a abertura de mais uma empresa. Virei, então, sócia majoritária de algo que não entendia, dominava ou conhecia. Para todos os efeitos, inclusive de brincadeiras com objetivo de trazer algum bem-estar ou inflar meu ego, Gabriela me dizia: "Você é dona disso tudo aqui." Eu não vi um pagamento de nada, nunca soube de nada, quase não me deram explicações por mais de dez anos. Eu só assinava coisas. Gabriela e Leonardo fizeram empréstimos aos bancos usando meu nome. O que era dinheiro da empresa? E o que era dinheiro da vida pessoal ou conjugal? Acredito que nem eles sabiam. Mas sabiam o que eram bons restaurantes, roupas, moradias e viagens, entre outras extravagâncias que as pessoas com grana fazem.

Ouvi muito sobre meritocracia. Ouvi muito sobre dar certo. O que Leonardo e Gabriela podiam pensar ou aconselhar sobre dar certo? Usar pessoas? Usurpar pessoas? Falsificar assinaturas? Gabriela entrou em um mundo que não era seu. Não digo com isso que o mundo das coisas boas e satisfatória condição financeira não sejam próprias do povo preto, pelo contrário. Mas é importante que você não se esqueça de onde veio, quem você é e quem são seus ancestrais. Assim como no ideograma Sankofa, precisamos olhar para trás para caminhar pra frente.

Parte das empresas quebraram. Anos mais tarde, com mais entendimento, conversei com uma advogada e consegui retirar meu nome da empresa, mas a dívida ainda está lá, me impedindo de resolver coisas importantes da minha vida, ou simplesmente ter um cartão de crédito. O tempo e as vivências me fizeram finalmente ter um encontro com uma profissional da psicologia, mulher preta, valorizando seu trabalho, sua vivência, seu entendimento de mundo, para que ela possa entender o meu. Fez todo sentido aliado a uma fé (que eu não sabia que tinha) com meus ancestrais e minha família de axé.

Leonardo e Gabriela se separaram. Ambos com muita raiva um do outro. Os planos deram certo até a página 2 e as consequências das escolhas foram devastadoras. Insultos, ameaças e calúnias tornaram-se rotina, mas as dívidas estão nos nomes das irmãs da família humilde em razão de um amor, de um "dar certo" no julgamento deles. As ações por uma vida que não era sua respingaram em todos. Com a morte do pai, a mãe soube de tudo e, tal como aquela criança de onze anos, não soube como reagir aos seus sessenta e tantos.

O encontro de Leonardo e Gabriela foi uma mistura de ambição, oportunismo e egoísmo. Pode ser que Gabriela não tivesse consciência das escolhas que estava fazendo e, principalmente, das consequências com que teria que lidar ao longo de sua vida. O silêncio, a falta de empatia e referência originária fizeram dela uma pessoa incompleta, que alcançou os sonhos de maneira torta, infeliz. Gabriela se iludiu com a chance de conquistar o mundo sem precisar olhar para si, usada como fantoche na mão da raça que, historicamente, mais explorou e se beneficiou do corpo, da mente, da força e da espiritualidade do nosso povo.

Este texto acontece de diversas formas todos os dias, desde a publicação de *Clara dos Anjos*, na década de 20, antes dela, e até hoje. Longe de discutir sobre escolhas, porque sabemos que muitos casos acontecem à revelia, é um convite para que todas as mulheres pretas olhem para si e também para quem está a sua volta. Olhem para suas avós, mães, filhas, irmãs, primas, tias, amigas. O povo preto é coletivo. Somos combustíveis para nós e para os nossos. "Nós não somos nada nesta vida." (Lima Barreto, 1922)

Pois nós somos tudo. E é por isso que não podemos nos perder de nós mesmos, ainda que eles nos ofereçam espelhos, projetos e sonhos repletos de ilusões, usurpações, apropriações e escárnios nas entrelinhas.

NATARA NEY

Meu nome é Natara Ney. Sou filha de Iemanjá e Oxóssi, devota de São Jorge e pernambucana. Sendo uma mulher negra e nordestina, tenho sorte por não ter morrido precocemente por doença, antes dos 30, ou emboscada, antes dos 20.

Contar histórias sempre foi um desejo, que me empurrou ao jornalismo. Adiante compreendi que podia inventar minhas próprias narrativas, e um pouco adiante, me encantei com experiências já vividas que precisavam ser contadas e reinventadas.

Hoje conto todo tipo de história. Vivo me reescrevendo. Isto é o suficiente daquilo que se deve saber a meu respeito.

Passatempo da viagem

Texto inspirado no conto "Na janela"

Orientação: Maurício Barros de Castro

Dedicado ao poeta Miró da Muribeca

Ouro Preto - Olinda (PE), Segunda-feira, 26 de janeiro de 1998

Previsão do tempo
Céu de um azul que incomoda, vento sudoeste derruba as flores de jambo, um tapete rosa se forma no chão, parece um sinal de esperança, mas não é. Chover, não chove, mas deveria. Temperatura de 32 graus em Ouro Preto - Olinda.

Um fio de suor desce pelas costas, ainda não bateram seis horas da manhã e o meu corpo antecipa o cansaço que o dia trará. No ônibus, apertados uns contra os outros, homens, mulheres e sonhos. A casa de muro amarelo fica para trás, a linha de prédios do centro de Recife começa a se desenhar. A primeira ponte é a Preta, a segunda, do Limoeiro, a terceira, Buarque de Macedo.

Entre as pessoas, sobra um espaço, um rasgo por onde meu olhar atravessa e se depara com o lá fora. Lá fora é um pouco melhor, janelas abertas deixam entrar um pouco de ar e de esperança, ambos insuficientes.

Na Aurora, o trânsito ralenta, uma sirene solitária grita na tentativa de abrir espaço entre uma rural velha e um corsa novinho. Fico atento, a sirene pode trazer a pauta do dia.

Meu rosto imprensado na janela, tento reter a imagem; a polícia está em volta de uma mulher, ela inteira trajada de lama, sentada no chão, roupa, cabelos, pés, tudo lama. Ninguém toca na mulher vestida de lama, rádios em punho, os fardados solicitam instruções, circulam o corpo vivo; quem passa na calçada, gasta uns poucos segundos para olhar, poucos. O ônibus volta a acelerar, será que dá para descer? Vejo ainda um lençol branco jogado sobre ela, a lama nos cabelos, no rosto, mulher caranguejo de sangue ralo. O vento sacode o parangolé branco, uma capa ou um manto? Me cabe agora imaginar os momentos antes do salto na vazante, título da manchete: "Traída pela maré." Penso que ela buscava um fim, imaginou que o mangue lhe daria um abraço terno, engolindo de uma só vez as dores, as faltas. Com o olhar dela ainda impresso no meu, pergunto se a maré teria para mim o abraço negado para ela.

Bela Vista - São Paulo (SP), quarta-feira, 2 de julho de 2020

Previsão do tempo
Céu deslumbrante todo cinza, uns pinguinhos de azul tentam estragar a perfeição.
Temperatura na Bela Vista - 9 graus.

O frio me dói os ossos, dor nova que se juntou à dor da saudade.

Existem cores nas paredes da cidade, e o cinza é o da música de Seu Mateus, o cinza cura. Desenhos, riscos, frases, epitáfios grafitados por meninos ninja.

As casas de plástico estão plantadas em todas as esquinas, colchão de lençol branco, vaso de flor, pedaço de grama falsa, um mínimo de dignidade. Mínimo.

Na mesma parada, altura da Avenida Cotovia, ele entra, cerca de um metro e noventa, lembra um lutador de boxe, nariz torto, cicatrizes no rosto, encolhe-se no assento na minha frente, olha pela janela imóvel; encolhido, parece um menino, olhar lá longe. A chuva fina coloca um sorriso no rosto dele, talvez a chegada de uma lembrança boa. Um dia me atrevo e pergunto:

– O sr. quer ficar invisível?

– Quero que não tenham medo de mim.

Sigo até o Ibirapuera e ele vai até o Paraíso.

Lapa - Rio de Janeiro (RJ), domingo, 14 de fevereiro de 2010

Previsão do tempo
Ventos agradáveis afagam a antiga Guanabara, o sol doura as praias e se vê nas poças de água da chuva que lavou a madrugada de ontem.
Temperatura na Lapa - 22 graus.

O ônibus vai para o samba e, ao mesmo tempo, o samba vai no ônibus; chegam juntos. Cheynnes e Apaches tricolores em festa repetem um hino, a lataria do veículo assume o lugar da percussão.

A alegria me transporta para as noites dos tambores silenciosos. Gostava de ver os maracatus, o baque surdo do tambor, rainhas coroadas, cetro na mão. São as únicas rainhas que reconheço até hoje. Rainhas negras.

O hino se repete, repete e repete, a ele se juntam vozes roucas que anunciam soluções práticas para a cozinha, para os estudos, para a vida. Chocolate, carregador, livro, cerveja, bateria, relógio, tripé, bala, canivete, faca. O homem abre uma velha mochila e tira dela cinco facões, rasga um papelão em pedacinhos, revelando a eficiência da arma branca. A mulher ao lado estremece olhando a faca, segura na minha mão como se nela o homem experimentasse a lâmina. Ela tira o cocar de penas falsas e desce do ônibus antes da chegada na felicidade, final de Carnaval.

Bairro do Recife - Recife (PE), quinta-feira, 16 de abril de 1999

Previsão do tempo
Nuvens densas, formato de algodão, sem doce algum.
Previsão de chuvas para o final do dia. Ventos fortes.
Temperatura de 28 graus em Recife, na sombra.

A cidade é porto, putas, marinheiros, uísque barato, tudo deságua aqui. Rio, mangue, mar. A lama do mangue faz a liga, integra a cidade, da mesma forma que o ônibus circular que me leva para casa. Atravessa o mercado e é inundado com o cheiro de cominho e coentro. Os postes de iluminação derramam fachos amarelos sobre corpos magros que vendem de tudo, até a si mesmos.

As batidas na lateral no ônibus me tiram da sonolência, um susto. As mãos que batem são de um homem, talvez um menino, ou um velho. O olhar é denso e triste, dois buracos fundos, sem luz que lhes dê vida. Pede qualquer coisa, mão estendida, qualquer coisa. Não sabe formular um desejo, mão estendida. Quer algo que alimente, esquente, proteja, entorpeça. Tiro da mochila a camisa de um time que me deu poucas alegrias, alguns vales-transporte e um resto de comida quase azeda. A camisa coloca no rosto do menino velho um quase sorriso, ele bate novamente na lateral do ônibus, como que liberando para seguirmos nosso destino.

Bela Vista - São Paulo (SP), sexta-feira, 5 março de 2021

Previsão do tempo
Céu ridiculamente azul, sem qualquer nuvem
Para nos distrair. Temperatura na Bela Vista
10 graus. De que adianta o azul?

Cerca de 400 dias de pandemia. Aos poucos, retomamos uma vida, longe de ser normal. Uma vida, qualquer. Esse trajeto faço no contrafluxo dos trabalhadores, condução vazia, assento ao lado da janela. Permissão para construir narrativas sobre os personagens que passam, ou ficam.

A pandemia tirou toda leveza do trajeto; primeiro, escondeu sorrisos com máscaras, em seguida, cortou nossas existências com perdas imensas. Quem sobe no veículo ainda sorri, um sorriso envergonhado de quem sobreviveu, um sorriso de boca banguela.

Há semanas Jovelina e Cícero não aparecem, hoje é dia 5 e eles devem pegar a aposentadoria na Caixa do Centro. Aproveitam e tomam café na padaria, o chapeiro costuma fazer desenhos no café com leite dela, Cícero esconde o ciúme besta. O ônibus faz a curva lento; de longe, avisto o chapéu de feltro e o paletó de risca de giz. O ônibus para e Cícero entra sozinho, o motorista acena com a cabeça. Cícero senta na minha frente, deixa o lado da janela vazio. Os outros passageiros, em respeito, mantêm o assento desocupado.

Lapa - Rio de Janeiro (RJ) quarta-feira, 12 de setembro de 2012

Previsão do tempo
Um belo cinza-chumbo toma conta de todo céu,
chuva de pingos grossos, vento derruba as expectativas
de dias melhores
Temperatura no Centro do Rio de Janeiro - 16 graus.

Como diz o manual dos roteiristas: tudo corria bem até que...

A chuva, desconhecendo a urgência da vida de cada um, alaga as ruas, sobe a calçada, invade a loja de 1,99 e a de artigos exclusivos. A natureza e sua estranha democracia. O trânsito para, ondas levam para longe as frutas da feira, mamões maduros, laranja verde e molhos de coentro flutuam em direção à Glória. O mau cheiro dos esgotos domina tudo.

Muitas pessoas agarradas no portão da igreja, menos por fé e mais por desespero. Os gritos no ônibus se devem à entrada das baratas; elas chegam surfando, não são bem recebidas, coitadas. Tenho medo de ratos e de ficar doente, não tenho quem me cuide. Eu deveria ter ficado em casa hoje, por que eu saí? Um filme ruim? Um litrão meio quente? Meus pés estão molhados, o medo aumenta, medo de morte. Agora o ônibus é carregado por uma onda, encalha na mureta da praça Paris. As pessoas correm, pessoas e baratas. Subo no teto do ônibus e espero passar, vai passar.

Boa Vista – Recife (PE) sábado, 13 de maio de 2000

Previsão do tempo
O céu azul-anílico cobre a cidade, a bola de fogo cor
de laranja amolece os corpos. O vento é quente,
a sensação é de estarmos em uma cuscuzeira.
Temperatura para mais de 40 graus

Dois meninos de voz extremamente aguda anunciam um número musical:

– Rádio Relógio informa: mais um sucesso! – gritam em coro.

O pandeiro feito com fichas de garrafa dá o ritmo e eles entoam um sucesso do rei, Reiginaldo Rossi. A letra e o empenho dos jovens extraem sorrisos, levam os passageiros para um lugar bom, talvez a única alegria do dia. Todos parecem sonhar com os encantos mil que a cidade perdeu.

Cada moeda que cai é seguida de uma saudação da dupla.

– É gente boa, é gente boa.

E mais alto e agudo eles cantam.

Na entrada da Maciel Pinheiro, os meninos silenciam um pouco, uma reverência ao poeta Miró e seus poemas de amor. Tem que ser um pouco louco para conseguir falar de amor neste sol quente.

Descem do ônibus e partem correndo atrás do versador, alguém na rua grita:

– Pega! pega!

Os meninos seguram na mão do poeta, um abrigo contra a força do sol e da brutalidade dos homens.

Centro - Rio de Janeiro (RJ), Quarta-feira, 12 de junho de 2013

Previsão do tempo
Noite com lua minguante em escorpião.
Rajadas de vento, nuvens pesadas se aproximam
do litoral.
Temperatura no Centro da cidade - 27 graus.

Em frente à Candelária não dá para ver que estamos em frente à Candelária. De um lado, a polícia joga bombas, do outro, o povo protesta; no meio, os sem-teto, sem-tempo e sem-luta que lhes seja maior que tentar comer alguma coisa hoje ainda. Nós, os cansados, avisamos aos que nos esperam em casa que não temos hora para chegar. Motorista e cobrador tentam pensar em soluções que nos levem para um retorno seguro. Não há. O relógio da Central marca um tempo qualquer. Algumas cadeiras à minha frente, Dinho, charmeiro das antigas, militante das mais antigas ainda, assiste aquela cena repetida. Ele coloca a cabeça entre as mãos, tenta abafar o som lá fora. O motorista sobe a calçada, acha um caminho improvável. Dinho olha pela janela, parece reconhecer alguém, o rosto se transforma, levanta e pede ao motorista que pare o ônibus, o motorista se nega. Dinho grita, mete a mão no vão da porta e com uma improvável força, abre e lança seu corpo para fora, some no meio da fumaça.

Bela Vista - São Paulo (SP), sábado, 26 de novembro de 2022

Previsão do tempo
Nuvens de todas as cores, um arco-íris
tenta trazer esperança, luta inglória.
Temperatura no Centro da cidade - 22 graus.

De Santa Cecília até a quadra da Vai-vai são trinta minutos. Os grafites e lambe-lambes são, eram, a nossa distração. Os favoritos falavam de amor, trazer o amor, mesmo que amarrado, piada besta. Vestida de saia branca, arruda na orelha, argola de ouro, anéis de prata, os nós dos dedos davam conta do tempo vivido e os calos nas mãos, do tempo trabalhado. Ela conhece, conhecia, cada ponto do trajeto e sobre cada um, tinha uma história. Colocava os dedos ásperos no meio da minha cabeça e massageava o meu Orí, rezava baixinho, pedia proteção. Veio para São Paulo viver a pequena felicidade das almas dignas. Encontrou dois amores: a quadra da Vai-vai e a cerveja em frente de casa com outras pretas faladeiras. Filha de Iemanjá, adorava fofoca e ria alto. Ainda ouço a gargalhada. A primeira morte foi quando a quadra saiu de perto da casa dela, a segunda, quando ela mesma precisou se mudar. O novo apartamento não tinha vizinhas, muito menos fofocas. A quadra da escola ainda era a alegria miúda, nossa alegria miúda. O trajeto sem ela fica mais longo.

Desço na quadra, vou tomar uma cerveja e dançar com meu sapato bicolor do mesmo jeito que ela faz, fazia.

OSMAR PAULINO

Osmar Paulino é geógrafo, professor de Geografia e mestrando em Cultura e Territorialidades na UFF. É curador de exposições de arte e fotógrafo popular. É diretor criativo e curador do FAIM Festival. É também fundador e educador popular do Pré-Vestibular Comunitário Kilomba Imbariê.

O combinado sai caro

Texto inspirado no conto "Um e outro"

Orientação: Rôssi Alves

Deitado, Freitas ouviu o som do carro que entrava no quintal. Viu que eram quatro horas da manhã e decidiu ficar na cama esperando Lola. Estava arrependido do acordo desde o momento em que ela tinha saído para o encontro, mas, apesar disto, não ousava confessar que aquela situação o excitava. Em detrimento da excitação, preocupou-se com uma foto que ela lhe enviara lá para meia-noite. Não dava para ver bem, mas o homem que estava com ela parecia ter a pele bem mais escura do que a das pessoas que, preferencialmente, conviviam com o casal. E seu cabelo parecia o daqueles negros que deixavam crescer e passavam uma espécie de esponja para deixá-lo enrolado. A Lola não faria uma porra dessas! Puta que pariu! Um encontro com um preto?! Essa mulher deve estar ficando maluca ou eu não estou vendo bem a foto! Mas não deve ser, a foto está muito ruim. Uma mensagem de um membro da Associação dos Comerciantes do bairro, da qual Freitas era presidente, desviou sua atenção. Uma greve de funcionários ocorreria no dia seguinte e estava sendo puxada pela Associação de Moradores. Porra! O Luiz só pode estar de sacanagem! Ligou quatro vezes para Luiz, mas ninguém atendeu. Macaco filho da puta!

Lola entrou no quarto preocupada em não fazer barulho, enquanto Freitas fingia dormir. Beneficiado pela incapacidade da mulher de ser discreta, o comerciante fez como quem desperta de um pesado sono: Oi, minha rainha! Chegou há muito tempo? Ele reparou que a mulher desferiu um sorriso de alegria como nunca antes. Havia uma aura de satisfação e prazer sobre ela, e essa satisfação o incomodava. Ficou imaginando por quanto tempo o parceiro dela teria se dedicado ao sexo oral. Lembrou de ter visto em alguma rede social que sexo oral é para fazer até ela gozar e constatou que nunca tinha seguido aquele conselho. Ele se perguntou se algum dia, nos mais de dez anos de casado, já tinha feito sua companheira gozar. Nos últimos anos, o sexo entre eles havia ficado mais burocrático do que antes e, por vezes, ele mesmo preferia a masturbação. Os cabelos dela estavam molhados, o que certamente apontava que se entregara fisicamente no encontro, e constatou que ela nunca tinha sido tão voluntariosa assim com ele. Freitas abriu os olhos, observando a mulher e percebeu que estava muito excitado com o que imaginara. Em algum momento, notou que ela andava com uma dificuldade um tanto quanto imperceptível e que sentara na cadeira para tirar as sandálias com certo receio. Não havia dúvidas de que tinha feito com o outro parceiro aquilo que há anos vinha sugerindo a ela. Mas diante de tudo, do ciúme, da excitação, da indignação e da raiva, não cabia a Freitas nenhuma queixa. Afinal, tudo fora previamente combinado na ocasião da descoberta da traição com a empregada. Há uma semana, Lola tinha flagrado o marido transando com Júlia, a empregada, na cama do casal. E não se sabe se movida por ciúmes de Freitas ou de Júlia – pois ela nutria uma atração sexual sigilosa pela moça –, mas a mulher exigiu sair com outro homem, se não, pediria o divórcio, o que atrapalharia os planos políticos do comerciante. Lola era caseira, de pouco convívio social. Dessa maneira, o encontro foi marcado através de um site de relacionamentos casuais. E assim se deu.

Em meio aos devaneios, lhe veio novamente a dúvida se o homem que fez tudo aquilo com sua mulher era um homem negro. Isso fez Freitas sentir muita raiva e nojo. O telefone toca. Luiz, você está maluco, porra? Você não cumpriu o combinado de aumento salarial com a classe, Freitas. Muitos de nós estamos tendo que nos virar para pagar as contas. Eu, inclusive, estou dirigindo dirigir carro de aplicativo para complementar a renda. Então, amanhã haverá greve! Porra, isso vai foder os comerciantes! Nós damos um duro danado, trabalhando, empreendendo, garantindo emprego e comida na mesa de vocês e aí você me vem com essa merda de greve! Ou vocês cumprem o combinado ou nada irá funcionar amanhã. Até porque sem os trabalhadores, vocês não são nada. Boa noite! Neguinho desgraçado! Freitas deixou o telefone na cama e foi até o banheiro encontrar Lola. Você está muito estressado, mô! Lola passa os braços sobre o pescoço de Freitas e lhe dá um beijo e ele, mesmo aborrecido com a transa extraconjugal da mulher, retribui. Ao passar a mão pelo braço da mulher observou uma pulseira desconhecida. Pulseira nova? O rapaz de hoje que me deu! – ela responde sem graça. Freitas revira os olhos, engole a saliva como quem engole um saco de pregos. O nojo ao imaginar que um homem negro havia dado prazer à sua mulher volta a incomodá-lo, pois, se assim fosse, ele dificilmente superaria a humilhação. Mesmo com medo da resposta, ele pergunta: Qual o nome dele? Luiz.

RAPHAEL RUVENAL

Raphael Ruvenal, queimadense, é historiador com especialização em História do Brasil e escritor com publicações nas coletâneas de Contos da Flup e na antologia de Contos/Crônicas *Parem as máquinas*, do selo Off FLIP. Fez também parte do primeiro grupo de roteiristas negros do Laboratório de Narrativas Negras e Indígenas (LANANI) para o audiovisual, selecionados para a TV Globo.

BICENTENÁRIO BROCHADO

Texto inspirado na crônica "Congressos"

Orientação: Maurício Barros de Castro

Suando, esbaforido e com o cu na mão: é assim que chego a esse Bicentenário da Independência, que transformaram numa grande cafonice com ópera, estátuas e tiros. Vou vestido a gosto do patrão: uma verde e amarela falsificada, que ele mesmo comprou, quando na verdade, eu já sonhava com aquele *Nike* de respeito no peito, explodindo nos olhos de cada invejoso que perguntasse onde a roubei. Então eu responderia: "Ô, vagabundo, corre atrás do preju, porque aqui a gente não pega o caminhão virado... A gente vira ele."

Prazer, sou o Circlei, mais conhecido como Cleiton, pois não vou dar esse mole pra malandragem gastar o meu nome. Mas também posso ser chamado de Cláudio, Tom, Marlos etc. Depende da plataforma de aplicativo de paquera, rede social ou e-mail. Por exemplo, aqui, nunca falaria o meu nome pra vocês... "*oooooooohhhhhhhh...*" – é isso mesmo, seus manés. Vou denunciar aqui esquemas, putaria, roubalheiras e ficar rebolando ao som do Hino Nacional, mas a minha pele estará devidamente salva. Já que não tenho advogado, resta pra mim a sombra de um anonimato sexy, sem vulgaridades.

Primeiro, eu tenho ensino superior. Pronto, ficaram espantadinhos e curiosos? Fiz um desses cursos de Humanas num país desumano e caí na balela de não fazer um técnico. Apostei numa vida acadêmica que, neste exato momento, está me rendendo Zero Real, e, segundo alguns engraçadinhos, Zero Surpresa. Minha parede ostenta um diploma, uma prateleira cheia de livros com códigos de linguagem indecifráveis, algumas revistas de notícias pornográficas (deixamos de ser caso de polícia há tempos!) e uma foto emoldurada da minha primeira viagem de avião. Às vezes parece que a minha vida está nesse cantinho, com a minha cara sendo esmurrada por muitos punhos, esfregada brutalmente pelos muitos perfis no Instagram de quem optou por uma outra vida e cada pedaço do meu ser *bulinada* pelas menções honrosas inúteis.

Construí uma dignidade mantida a muito custo, já que tenho vizinhos milicianos e contraventores de toda espécie. Quase todos emprestam dinheiro, mas sou daqueles que tem banco digital pra não pagar taxa bancária, que dirá os tais juros da agiotagem. O foda é aquele crédito deslizando na tela do celular, a distância de um clique facilita mandar SPC e Serasa pro caralho. No entanto, eu seguro porque, diferente do Babão do mototáxi, sou cuzão e não tenho a menor criatividade para armações. O cara deu um golpe de mestre nos miliça. Pegava dinheiro e também fazia a intermediação quando alguém pedia grana. E foi nessa que se deu bem: três meses intensos dizendo que ciclano queria dois mil quando, na verdade, pedia trezentos e, de grão em grão, foi acumulando as sobras até chegar uma bela manhã de um dia qualquer, quando ele ligou a moto, pegou a pista, chegou no aeroporto, estacionou e embarcou no primeiro avião pra Portugal. Foi pro socialismo, deixando os *capetalistas* empreendedores de "pirâmide" babando de inveja.

Vida mais ordinária é essa, meu povo. Onde já se viu, não ter um trem decente no feriado, mastá aqui, em cima do meu cangote, dentro do trem indecente, um certo número de pobres falando de ameaça pra cá, comunismo pra lá. Sinceramente, sou da época em que teorias da conspiração pregavam o contágio de algum vírus novo qualquer, ganhando proporções mundiais, daí as pessoas teriam que se isolar longe uma das outras, mortes aos milhares e, por fim, seria negada a cura para a maior parte. Pois bem, chegamos no século XXI e o que era papo virou fato, aí tu *imagina* o Noé, que a vida toda foi achincalhado por preparar uma arca no meio do nada, depois chama os bichinhos e tudo, daí começa a chover forte, sem parar nenhum segundo. Enche um pouquinho aqui e ali, transborda um rio acolá, uma árvore ou cidades começam a ser engolidas. Então, nesse exato momento, o nosso homem sobe em alguma montanha ou segura alguma porta flutuante para gritar: "NÃO ENTRO NESTA MERDA!" É isso, o que era delírio deixou de ser fetiche quando se tornou realidade.

Ufa, desembarquei o meu corpo, já que a alma está em algum cartão-postal de um mundo que só estará ao meu alcance se for pra lavar pratos. Começo a andar pela Presidente Vargas, cheia de cracudos, uma biblioteca descascando e um Campo de Santana convidativo a assaltos. Se em algum tempo aqui rolou festa cívica, esqueceram de arrumar as cadeiras. Mas, pelo visto, apagaram as luzes com o Wi-fi, enchendo a zona sul de *home office* e o Centro de entulho de concreto armado. Ah, que delícia, calote no VLT é ilusão anarquista, pois logo em seguida, chega a conta. Só peguei pela vagabundagem, já que tô aqui brotando na Tiradentes. Confesso que esbarrar com a estátua de D. Pedro I em meio a indígenas, jacaré, capivara e montado no cavalo me faz questionar se cogumelos alucinógenos já eram consumidos no Império. Detalhe, aquele papel que ele segura bradando no ar de frente a um entroncamento de ruas abarrotadas de assaltos e teatros fechados não passa de uma Constituição da Mandioca... A primeira em que TODO MUNDO sentou.

A obrigação não me permite contemplação, ócio ou a velha coçada de saco na praça. Daí foi só dar uma esticada que já tô enxergando a galera de ressaca, bufando e mais vermelha do que amarela. Geral tá aqui na Avenida Gomes Freire, esquina com a Visconde de Rio Branco, conforme o combinado, um olha para o outro meio que desconfiado. Tô achando que aquele cara mais branquinho pegou o Auxílio e ainda quer lucrar essa outra baba de grana pra inteirar num jogo de PlayStation. Nada contra, mas deixei de indicar uma mina que é certinha da igreja, fanatizada por essas porras e que até agora não recebeu a merreca dela da pandemia.

– Patriotas...

Começou a patriotada, meu Deus, que saco. O que a gente não faz por uma onça pintada acompanhada de um lobo-guará por alguns momentos no bolso.

– ... Bom dia!

– Bom dia! – responderam todos prontamente

– Conforme as senhoras, senhores e senhoritas sabem, nós vamos pra Copacabana. Temos um compromisso com Deus, com a pátria e a família, mas aqui está o que conseguimos dar a vocês. Não é muito, mas é o preço de mercado... O que se paga a um panfleteiro.

A moça com uma tatuagem escrita "Jesus I Love You" levanta a mão.

– Vai ter lanchinho ou água?

Um outro senhor meio pinta de sabidão resmunga do meu lado.

– Pô, os caras já estão ajudando a gente e ainda querem mordomia?

Eu, francamente, fico com dúvidas se estou diante de um homem que irá panfletar ou se é um rico qualquer que resolveu se meter nisso depois de avistar meia dúzia de fodidos na esquina em pleno feriado. Todo pobre sabe que a barriga tem uma doença que não demora pra se manifestar: a fome dispensa ultrassom.

– Não, mas vocês têm a livre iniciativa de gastarem o dinheiro como quiser e no que quiserem.

Só faltou dizer: "A minha pátria jamais será pão com mortadela".

Cada um pegou uma bandeira e um bolo de panfletos com a colinha dos candidatos. Também entregam adiantado o caraminguá do dia e bate em mim a vontade de correr ao léu. Como se fosse fugir de pagar as contas do motel depois de gozar e exagerar no consumo do frigobar.

Nossa van corre pelo Aterro, levando a gente pra Copa devidamente acomodados. Uma mina mexe no Tinder, fica feliz quando dá *match* com um cara do Catete, e nasce nela a esperança de ascensão, isso é nítido quando mostra o feito para a outra dizendo: "Japeri NUNCA MAIS!" Não sou abelhudo e jamais desestimulo ninguém. Sempre ouvi por aí que bradar "Eu não acredito em fadas!" faz elas morrerem.

Chegamos na Princesinha do Mar. Uma multidão efervescente circulava com cartazes e marchava por sobre o asfalto. Eu engulo as placas de apoio ao Golpe Militar e cago pra denúncia do banheiro unissex, eu mesmo tenho um na minha casa. Porém, algo estranho surge. Ouço uns alaridos no meio da multidão, a coisa vai subindo, dominando todo o sentimento patriótico e rivalizando com o famoso grito da Independência de duzentos anos atrás.

– Imbrochavél, imbrochavél... Imbrochavél! – bradaram os manifestantes à beira-mar.

Pronto, agora fodeu... COMO VOU EXPLICAR ISSO NAS MINHAS AULAS DE HISTÓRIA?

SIMONE MOTA

Escritora, roteirista e curadora de projetos culturais, Simone Mota é carioca e cresceu no bairro de Todos os Santos. Como escritora de livros de literatura infanto-juvenil, publicou recentemente o livro *Carolayne, Carolina e as histórias do diário da menina* (Editora Malê) e *Frederico, Frederico...* (Editora do Brasil), que recebeu o Prêmio Selo 10 Cátedra 2021 Unesco/PUC-Rio. No audiovisual, acaba de entregar a bíblia de uma série inspirada em um livro de sua autoria. Em 2022 foi curadora da programação infantil da Flup em homenagem a Sonia Rosa.

Anônimo

Texto inspirado no conto "Manoel de Oliveira"

Orientação: Maurício Barros de Castro

> *"O que faz o encanto da vida, mais do que qualquer outra coisa, é a candura dos simples e a resignação dos humildes..."*
>
> Manoel de Oliveira, texto de Lima Barreto

A couve e as batatas na sacola seguiram seguras em uma das mãos enquanto os ovos amarrados se equilibraram nos dedos da outra. Seu Jaú subiu a Major Mascarenhas e atravessou a rua quase em frente ao portão dos fundos da vila onde morava. Parou ali e ficou observando os rabiscos no muro. Resmungou qualquer coisa e seguiu até a esquina, dobrando na Rua Dr. Ferrari. Duas, três casas depois, olhou para a entrada principal da vila e passou direto, indo até o bar do Alfredo, onde apoiou a sacola e os ovos sobre a mesa. Apalpou os bolsos da bermuda e pegou um chaveiro abridor de garrafas, levantando e balançando no alto. Seu Alfredo entendeu o sinal e logo veio ao encontro de seu Jaú com uma garrafa de cerveja ostentando seu gelo. Seu Jaú sentou, abriu a garrafa, serviu um copo e virou num gole só.

– Ah, Paulinha pode esperar. Vai ser só uma para começar o domingo.

Assim a manhã de domingo passou até seu Jaú pedir mais duas para levar pra casa. Enfiou os ovos na sacola onde estavam as batatas e a couve para liberar a mão que já segurava a chave do portão da vila. Acenou para todos em despedida, pegou as duas garrafas e desceu com cuidado os dois degraus do bar.

Em casa, Paulinha e suas filhas conversavam, bebiam e preparavam juntas o almoço. Um silêncio invadiu a cozinha quando seu Jaú entrou. Mas só durou o tempo dele colocar as sacolas sobre a mesa e fazer a pergunta/afirmação de sempre:

– O quê? Tá tudo aqui.

Elas também repetiram o gesto de sempre: se entreolharam e seguiram na conversa sem dispensar as duas cervejas que ele havia trazido, acomodando-as no freezer em companhia das outras.

Antes de seguir até a sala de estar para cumprimentar o restante da família, ousou uma provocação que lhe rendeu um pano de prato atirado por Paulinha:

– Vou tomar um banho porque tô vendo que esse almoço vai demorar.

Na manhã seguinte, seu Jaú desceu a Conselheiro Agostinho para buscar pão e o jornal. Nenhuma notícia pendurada prendeu sua atenção, mas leu todas as capas antes de entrar na banca e comprar o seu jornal preferido. Dessa vez, voltou para casa sem nenhum extra.

O café e o pão esfriaram sobre a mesa da cozinha enquanto seu Jaú desmontava o jornal e devorava a seção de esportes. Botou de lado o jornal, olhou o relógio na parede e procurou pelo controle da TV. Vendo que Paulinha ainda não tinha chegado, aproveitou que estava de pé, descartou o café frio e serviu outro. Não deixou o café entornar, mas se assustou com o burburinho que vinha da rua. Foi até o portão e deu uma espiada. Não havia uma vivalma na rua principal da vila.

De volta à cozinha, sacou o controle e ligou a TV, que já anunciava as tragédias do dia. O burburinho continuou. Seu Jaú tentou se ligar nas notícias, mas a curiosidade com o barulho não identificado foi maior. Chegou de novo no portão de casa e nada. Abriu e foi até o portão auxiliar da vila, seguindo o som.

Sem abrir o portão, se colocou na ponta dos pés e pôde ver pelas frestas três jovens homens conversando e rabiscando ainda mais o muro.

– Que porra é essa? – pensou alto.

Os jovens, do outro lado da rua, não ouviram o pensamento de seu Jaú, apenas o barulho de seu desequilíbrio sobre o portão. Mas logo suas atenções foram desviadas pelo cumprimento de Paulinha e sua vizinha.

Ao ouvir a voz de Paulinha, seu Jaú correu de volta para casa e colocou-se na sua postura habitual – jornal, café e TV diante dele. Minutos depois, Paulinha entrou em casa, deu um selinho no marido e seguiu para o banho sem comentar nada sobre os jovens.

Seu Jaú achou estranha a postura da esposa.

Mais tarde, perto da hora do almoço, inventou uma desculpa qualquer e foi mais uma vez espiar a movimentação daqueles homens, que rabiscavam o muro em frente à vila. Dessa vez, abriu o portão devagar e apenas um deles ainda estava ali, concentrado, olhando um papel e o muro quase ao mesmo tempo. Seu Jaú também se concentrou, tentando descobrir o que eram aqueles rabiscos. E, de repente, viu a imagem de um homem tal qual a sua própria imagem. Piscou os olhos e uma certeza lhe invadiu.

– Sou eu.

Estufou o peito e desceu a rua, vaidoso, em direção ao shopping.

O ar fresco foi ordenando a ideia de seu Jaú: "Um muro pintado com minha imagem em frente à vila...". Isso era, seu Jaú avaliava, o reconhecimento de sua importância para o bairro. Agora compreendia porque Paulinha não falara nada sobre aqueles jovens ao entrar em casa. A certeza de que tudo aquilo que começava a surgir ali era uma homenagem surpresa se firmava.

Aproveitou que estava no shopping e correu pelos corredores e lojas observando roupas e sapatos que coubessem para uma ocasião tão especial. Lembrou que Paulinha queria muito um cartão da nova loja de departamentos do shopping, entrou lá e fez um para ele e outro para ela. Experimentou algumas roupas e sapatos, mas preferiu não decidir isso sem a ajuda da esposa.

Perdido em sua alegria, não viu a hora passar.

Havia mais de dez chamadas de Paulinha no celular quando seu Jaú atentou para o tempo presente. No caminho de volta para a casa, passou pela barbearia do Tião e deixou um horário marcado para um serviço completo.

Chegou à vila pelo portão principal para evitar contato com os jovens artistas que riscavam o muro e, em casa, compartilhou com Paulinha a novidade dos cartões, e nada mais. Ela ensaiou uma pequena discussão com seu Jaú pela demora e falta de atenção com o telefone, que a deixaram preocupada. Mas ele foi logo se desculpando e distribuindo beijinhos na esposa para fugir da bronca.

À noite Paulinha deu falta novamente de seu Jaú, e reclamou sozinha:

– Nem na segunda esse homem dá descanso para o fígado.

Quem sabe ela tinha razão de reclamar. Seu Jaú estava sentado lá no bar do Alfredo quando os jovens artistas entraram e pediram uma cerveja no balcão. Curioso, seu Alfredo perguntou de onde eles eram.

– Do Negro Muro – um deles respondeu.

Seu Alfredo abriu a cerveja para os jovens e continuou a conversa.

– E o que é isso?

– Um projeto de arte urbana que celebra personalidades negras.

– E quem é a personalidade aqui no nosso bairro?

– O senhor não tem um palpite? – um deles provocou.

Seu Jaú ouviu até esse ponto da conversa. Depois, seu pensamento vagou por suas lembranças, passeou pelo passado, enquanto a conversa corria no bar do Alfredo, incluindo seu Joca, que acertou de primeira no palpite.

A família de seu Jaú foi a primeira a se associar ao Clube da Quitanda, o primeiro clube social do bairro de Todos os Santos. Foi ali que seu Nonato e dona Jurema, pais de Jawari, o seu Jaú, começaram a ficar populares no bairro. Eles cuidavam das festividades sociais do Clube, e logo ampliaram essa curadoria para outros eventos do bairro como a tradicional Festa Junina da São Brás. Assim, acompanhando a trajetória dos pais, construída no social, seu Jaú seguiu a trilha deles e foi além. Era praticamente um representante do bairro na subprefeitura do Méier.

Qualquer problema que surgisse em Todos os Santos, especialmente nas ruas próximas à sua casa, ele tomava conhecimento e se envolvia na resolução. Era uma pessoa muito querida pela maioria, mas também colecionava pequenos desafetos pelo seu jeito político de ser. Seu Joca era um desses desafetos. Resistente às mudanças que aconteciam no bairro e grande conhecedor das personalidades que por ali passaram, seu Joca não tolerava as ideias de modernização a qualquer preço do seu Jaú. E, por mais inusitado que possa parecer, foi essa divergência que deixou os dois próximos.

O barulho dos jovens se despedindo trouxe seu Jaú de volta ao presente com sorriso nos lábios. Seu Joca não perdeu a oportunidade de cutucá-lo:

– Que sorriso bobo é esse? Não entendeu nada que os jovens falaram...

– Ô, Joca, vai curar sua dor de cotovelo lá no depósito, porque eu tô chispando daqui agora mesmo. Bota na minha conta aí, Alfredo.

Vaidoso, na certeza de seu devaneio, seu Jaú voltou para casa buscando na sua memória mais fatos importantes da sua contribuição para o bairro. Ainda com o sorriso de menino esboçado no rosto, resolveu passar direto de casa para bisbilhotar o muro. Olhou pelo portão antes de abrir para ter certeza de que nenhum dos jovens artistas estaria por lá.

As cores vibrantes da pele negra azeitona como a de seu Jaú já estavam colorindo o muro no que parecia ser um homem de meia idade sentado em um banco. À esquerda dessa imagem, outros tons negros também apareciam em movimento.

Seu Jaú piscou os olhos sem acreditar no que via.

– Só eu e o pai. Era assim que ele sentava para prosear comigo... com as mãos unidas entre os joelhos. É ele me olhando ali... – sussurrou sozinho.

Atravessou a rua e ultrapassou a faixa que protegia o muro pintado, encostando seu corpo na imagem. Depois sentou-se diante dela e pôs-se a conversar.

– Você esperou isso a vida toda. Eu sei, eu sei. É você quem merecia viver esse momento. Mas eu vou lembrar tudo na hora certa. Até Joca vai engolir seus conhecimentos e reconhecer o seu valor para esse bairro.

– Jaú, o que cê tá fazendo aí, homem? – gritou Paulinha do portão.

Cambaleando do susto, Seu Jaú se levantou e atravessou de volta a rua sem olhar.

– Jaú!

O barulho de uma freada brusca se misturou com o grito de Paulinha e a buzina do carro, que por pouco não jogou seu Jaú para o alto. Paulinha se desculpou com o motorista, foi ao encontro do marido, que parecia não ter percebido o ocorrido, e o acompanhou até a calçada contrariado.

– Não fala nada, mulher. Só bebi uma cerveja. Foi emoção...

O trabalho no muro seguiu por mais três dias. E cada vez atraindo mais e mais curiosos ao redor para saber quem era a personalidade homenageada. Exceto seu Jaú, que, acreditando ser o homenageado, resguardava-se de ver o muro até o dia da inauguração.

Passou aqueles dias em casa revirando baú. Álbuns e mais álbuns de fotos se espalharam pela casa. Paulinha viu fotos e ouviu histórias que nem lembrava mais. Soube dos causos que seu Nonato contava e das famosas festas de São Cosme e Damião que dona Jurema organizava. Depois, juntos, ouviram vários dos vinis guardados na cristaleira, que está na família há três gerações. Mexeram em tudo. Tiraram poeira e dançaram sob o som das relíquias de vinis do Bebeto. Saíram apenas na noite da véspera da inauguração para um choppinho no shopping, que terminou com sacolas de roupas novas da loja de departamento. Paulinha achou graça da artimanha de seu Jaú. Pensou até em questionar o porquê de tanto capricho para a inauguração daquela arte do muro se nem parentesco com o homenageado ele tinha. Mas a alegria de seu Jaú era tamanha, que ela não se viu no direito de interromper.

– Tá certo. Eu sei o amor que você tem por esse bairro.

Seu Jaú insistiu com Paulinha para não voltarem a pé para casa. Alegou perigo, cansaço, bebedeira e tudo mais. Ela concordou.

Quando desceram no portão principal da vila, seu Joca estava saindo do bar do Alfredo e os cumprimentou.

– O amigo vai bem? Tá sumido.

– Sim. Tudo bem. – disse com as chaves em uma das mãos e puxando Paulinha pela outra.

– Animado para a inauguração amanhã? – perguntou com ironia.

– Como não estaria, não é mesmo? Uma homenagem linda assim é motivo de orgulho.

– É, Jaú... quem diria que um dia eu ia te ouvir reconhecendo...

– Até amanhã, Joca. Estou cansado demais para suas aulas.

Seu Joca engoliu o restante da frase, fez um muxoxo com a boca e com os braços e pegou o rumo de sua casa. Enquanto seu Jaú agarrou Paulinha e entrou na vila sem olhar para trás.

– Vocês dois não têm jeito – disse Paulinha sem ser ouvida por eles.

Deitou-se com a esposa, mas o sono não veio com ele. Ficou revirando-se de um lado para o outro, inquieto. Na cabeça dele, o discurso rolava, mencionando os feitos e o nome dos pais. Olhou para o lado e viu que Paulinha dormia tranquila. Levantou e foi até a cozinha. Abriu a geladeira buscando coisa nenhuma. E nada encontrou. Por fim, abriu a janela e não viu uma luz acesa nos vizinhos. Decidiu que era melhor voltar para a cama e encontrar o sono.

Mas, enquanto subia as escadas, lembrou que a janela tinha ficado aberta e voltou. Aproveitou e foi checar a porta também. Estava trancada. Acendeu a luz e pegou a chave. Mantendo-se o mais silencioso possível, abriu a porta, apagou a luz e saiu. Destravou o portão e abriu com o mesmo cuidado. Caminhou até o portão auxiliar da vila e antes de abrir, espiou.

Uma grande lona cobria tudo.

Teve vontade de sair, atravessar a rua e descobrir a arte.

– Calma, Jawari. Não vai estragar a surpresa agora.

O dia amanheceu e seu Jaú não viu. Paulinha levantou no horário de sempre e seguiu a rotina. Ao voltar da caminhada, estranhou a ausência do marido na cozinha, e logo se surpreendeu com sua aparição no topo da escada.

– Onde você vai vestido desse jeito, meu nego?

– Oh, minha preta... Esqueceu?

Paulinha ficou calada olhando para o marido sem acreditar no que poderia ser tudo aquilo diante de seus olhos.

– Não vai se arrumar também? – Seu Jaú perguntou.

– Vou. Tô indo. Mas... tá cedo ainda.

Seu Jaú olhou o relógio da cozinha. Pegou o controle, ligou a TV e foi tomar seu café da manhã. O jornal anunciou que uma obra de arte urbana seria inaugurada em homenagem a uma personalidade negra no bairro de Todos os Santos. O coração de seu Jaú quase pulou para fora do peito.

– Por essa eu não esperava. – sussurrou.

A inauguração do muro estava marcada para as onze horas da manhã. Aos poucos a vizinhança, admiradores do homenageado e curiosos se aglomeravam em frente e a toda volta daquele muro esperando para ver o resultado daqueles quatro dias de trabalho que movimentaram o bairro de Todos os Santos.

Na TV, o Jornal encerrou o bloco mostrando imagens da Rua Major Mascarenhas.

Seu Jaú gritou por Paulinha, que já estava de pé atrás dele vendo tudo.

– Jaú, você sabe quem é o homenageado?

– É claro que eu sei. Vamos! É a hora certa de chegar.

O portão auxiliar da vila estava aberto com alguns vizinhos em frente. Seu Jaú cumprimentou todos e foi abrindo passagem, de mãos dadas com Paulinha, para chegar até o outro lado da rua.

A primeira pessoa que seu Jaú viu foi seu Joca. Ele estava próximo ao grupo dos jovens que trabalharam no muro, conversando, quando um funcionário da TV se aproximou. Seu Joel chegou perto deles, cumprimentou os jovens e se apresentou.

– Jawari. Mas todos me chamam de Jaú. Seu Jaú! Estou aqui à disposição de vocês.

Os jovens sorriam, se entreolhando sem entender.

Puxado discretamente por Paulinha, seu Jaú virou-se para seu Joca e viu que colocavam um microfone nele.

– Não tô entendendo porque o Joca vai falar pra TV – cochichou com Paulinha.

– Ele fala bem. Conhece as celebridades do bairro.

– Mas eu estou aqui. Vou falar com a repórter.

– Jáu... Espera.

Uma contagem regressiva começou enquanto os jovens responsáveis pela obra de arte do muro se posicionavam para puxar a lona. Seu Jáu se pôs entre eles.

5, 4, 3, 2, 1...

– Viva Lima Barreto! – um dos jovens gritou.

Todos aplaudiram, exceto seu Jaú. Seu coração bateu acelerado e seu corpo não se moveu. Apenas seu olhar, de um lado a outro de todo o muro pintado, sem parar.

– Lima Barreto? Não pode ser. Aquele ali sentado é meu pai... comigo. Sou eu. As crianças na vila... Tá tudo ali. Que farda é essa? Não sou militar. Papai era bancário. O que é isso? Todos os Santos... E a homenagem? Eu não vou falar com a TV? Ninguém vai me ouvir? O discurso tá pronto – delirou baixinho.

A equipe de TV registrou seu Jaú naquele momento, que considerou de pura emoção.

Os aplausos terminaram e seu Jaú continuou ali, paralisado diante do muro. Paulinha e seu Joca se aproximaram quase ao mesmo tempo.

– Hoje não, Joca. – Paulinha retrucou.

– Tô aqui pra ajudar, Paulinha.

Seu Joca abraçou seu Jaú, apertando-o e sacudindo-o levemente em sua direção.

– Vem comigo!

Paulinha segurou de novo a mão de seu Jaú e os três seguiram até a vila.

Com a repercussão da reportagem, as filhas e filhos de seu Jaú ligaram para Paulinha e foram ajudar. Seu Jaú não conversou com ninguém sobre o que aconteceu. Nem mesmo com Paulinha. Também passou dias e dias sem sair de casa. Mas as fofocas sobre as visitas ao muro, matérias e reportagens diversas sobre a homenagem a Lima Barreto continuaram chegando para seu Jaú.

Não demorou muito para que a vontade de seu Jaú de ver novamente o muro ao vivo ficasse maior que qualquer outro sentimento.

Esperou Paulinha dormir, viu a vila vazia pela janela e saiu. Do portão, viu a movimentação de dois homens brancos diante do muro, como se fossem seguranças do local. Ficou observando um pouco mais. De repente, um carro estacionou perto deles e retiraram algumas sacolas da mala.

Quando o carro partiu, seu Jaú viu o que era.

Voltou para casa, ligou para seu Joca, chamou a polícia, pegou o celular e voltou correndo para o portão da vila. Ligou o celular e ficou registrando tudo até a polícia chegar e prender em flagrante os dois homens brancos que atiravam galões de tinta sobre o muro pintado em homenagem a Lima Barreto.

Logo a rua estava repleta de gente comentando e registrando com seus celulares o absurdo. Rapidamente o vídeo publicado por seu Joca em sua rede social viralizou.

Mas dessa vez, quem falou com a TV foi seu Jaú.

– Nenhum galão de tinta será suficiente para apagar a nossa história. Salve, Lima Barreto! Salve, seu Nonato, meu pai! Salve todos os homens negros que fizeram história neste país!

SUEKA

Sueka é carioca, pessoa negra e não-binária. Criade no morro do Fallet/Fogueteiro, na zona norte do Rio de Janeiro, aprendeu desde cedo a conviver com os contrastes da cidade e as desigualdades sociais existentes neste território, porém através da história e da busca pela arte, especificamente a escrita, conseguiu encontrar um lugar de cura e de ressignificação das existências e demais experiências que presenciou em sua trajetória.

Formade em História pela Universidade Federal Rural do Rio de Janeiro e atualmente cursa Mestrado em História das Ciências e Saúde Pública, na Fiocruz-RJ.

A SUPOSTA INTELECTUALIDADE QUASE BRANCA NA BRUZUNDANGA...

Texto inspirado na obra "Os Bruzundangas"

Orientação: Rôssi Alves

01 de setembro de 2022

Acordou como mais um dia. Não a repetição de ontem.

Ainda sonolento, Sandro se remexia na cama. O relógio marcava pontualmente seis e vinte da manhã. Virou para o lado esquerdo, onde estava seu celular, e o conectou a "Leblon," o Wi-fi da casa.

Saiu do quarto, seguindo sua procissão rotineira, com o aparelho móvel conectado à rede e se encaminhou à varanda atrás de sua casa. Como de hábito, sentou com a coluna ereta no tapete estendido no chão e iniciou a meditação matinal, guiada por um aplicativo.

Sandro vivia quase num sonho.

Tinha boa casa, comida no armário e contas pagas. *Razoável,* pensava. E ainda tinha saúde. *Afinal, tenho que agradecer.*

O Wi-fi o ajudava no faz de conta, como se vivesse em uma das zonas do Rio de Janeiro com o metro quadrado mais valorizado pelo mercado imobiliário. A meditação e seus pássaros artificiais de alguma floresta típica do "Primeiro Mundo" realmente faziam-no imaginar-se num sonho.

Porém, apesar das conquistas, tinha ainda um desejo que constantemente buscava realizar: o de ter o direito de viver como intelectual. Diziam todos, principalmente a família e os doutores: "quanto maior distanciamento e erudição, mais respeitado e legitimado seria."

Ao terminar a meditação, ficou em estado contemplativo do céu antes de retornar à casa para tomar café. Segurando a xícara, sentou na frente do notebook e abriu o arquivo do artigo que estava escrevendo...

O termo "elite", grupo detentor de poder legal e estrutural, será utilizado entre aspas, pois é fundamental reformular determinados conceitos estabelecidos sob certa unanimidade. Desmitificar o imaginário em torno do que seria a "elite" traz à cena outros elementos, personagens, ações, agenciamentos, dentro de campos correlacionais de disputas e estratégias constituintes da "elite". E esta não somente como uma classe, também apesar de o ser na sua expressividade sócio-político-econômico-racial e de gênero. Vamos a exemplos práticos...

Enquanto relia a introdução do artigo, no qual tinha a pretensão de questionar quem era a elite brasileira, ligou a tevê a fim de ver as manchetes do dia. Logo surgiram notícias um tanto corriqueiras de outras terras...

Dois tipos de polícia, a princípio uma só de armas e outra de fiscalização, estavam numa região realizando mais uma operação de extermínio de corpos pobres, negros e não brancos subalternizados sob justificativa da política de guerra às drogas. Foram vinte e quatro pessoas mortas pelas polícias nesse atentado ao chamado "crime organizado".

Primeiro o corpo de Sandro gelou. As notícias embrulharam seu estômago e amuaram todo o dia. O detalhe que agravou a situação foi o som estridente passando pelas janelas e portas. Mas, para *sua segurança, tudo aquilo era lá fora.*

DRUUUUUUUUUUUUUUUUUUUUUUUUUUUUUUUUU UUUUUUUUUUM

DRUMMMMMMMMMMMMMMMMMMMMMMMMMMM MMMMMMMMM

DRUUUUUUUUUUUUUUUUUUUUUUUUUUUMMMMMM MMMMMMMMM

Nenhuma linha a mais saiu do artigo.

02 de setembro de 2022

Mais um! Acordou com mais um dia. Talvez a repetição de ontem.

Ainda sonolento, Sandro se remexia na cama. O relógio marcava pontualmente seis e vinte da manhã. Virou para o lado esquerdo, onde estava seu celular, e o conectou a "Leblon", o Wi-fi da casa.

Saiu do quarto, seguindo sua procissão rotineira com o aparelho móvel conectado à rede e se encaminhou à varanda atrás de sua casa. Como de hábito, sentou com a coluna ereta no tapete estendido no chão, e iniciou sua meditação matinal guiada por um aplicativo.

Sandro vivia quase num sonho.

Erudição, liberdade, imparcialidade, distanciamento e poder. Sim, ele queria poder. Repetia o mantra. Ao terminar, contemplou o céu, antes de retornar à casa para tomar café. Segurando a xícara, sentou na frente do notebook e abriu o arquivo do artigo. Tinha acordado inspirado e com ideias para além da introdução. Seguiu assim...

Quem foi Zumbi dos Palmares, Ganga Zumba, Luiza Mahin, Maria Quitéria e Aqualtune? Quais são os significados de suas articulações sócio-políticas para o movimento quilombola e luta pela liberdade em solo brasileiro?

Luiz Gama, advogado, intelectual, abolicionista e negro, que movimentou processos de libertação de outros negros escravizados? O Chico de Matilde, também conhecido como Dragão do Mar, cearense, jangadeiro, articulador da paralisação de 1881, que dificultou o transporte e mercado de escravizados? Será mesmo que são menos relevantes, como expressa a historiografia oficial, os alcances, impactos e percalços que o Dragão do Mar, Luiz Gama e demais indivíduos realizaram dentro da história nacional brasileira?

No intervalo para o almoço, ligou a tevê a fim de ver as manchetes do dia. Logo surgiram notícias um tanto corriqueiras, a repetição de ontem...

Lembrou de um texto clássico do Anthony Leeds com o título "Quanto vale uma favela?", que estava lendo, e refletiu sobre os custos e lucros daquelas operações de guerra. Essas práticas policiais são *terrorismo de Estado*. E ainda precisava escrever um artigo sobre as personalidades intelectuais de sua terra, sua relevância e seus legados... Os pensamentos não fluíam.

Notícias de ontem ainda presentes. Frescas e atualizadas. Desta vez, o som estridente entrava por suas janelas, a porta da casa tremia e, como pena divina pela ousadia de sonhar, a perda de sua ilusão veio ao refletir que *tudo aquilo estava mais perto do que acreditava.*

DRUMMMMMMMMMMMMMMMMMMMMMMMMMMMMMMMMMMMMMMMMMM

DRUUUUUUUUUUUUUUUUUUUUUUUUUUUUUUUUUUUUUUUUUM

DRUUUUUUUUUUUUUUUUUUUUUUUUMMMMMMMMMMMMMMMMMMMMM

Sua mente, ao lembrar que não estava na "Zona Sul", retomou um medo já quase sumido – o de perder seus entes queridos. Mas, afinal, ele não estava tão longe disso?

Não sabia ao certo havia sido despertado pelo medo ou pelo susto. Novamente o corpo de Sandro gelou. Ficou paralisado.

Aos poucos, passado o corpo gelado, porém ainda vivo, ligou para sua avó, moradora da região imersa na violência. Precisava se certificar de que ela, as tias e os primos estavam vivos antes de retornar para os textos abertos no notebook, porque, afinal, queria ser – ou era? – intelectual.

O som já não lhe dava susto, fato dado. Traço cotidiano de um trato. Sentiu deslocamento, pela garganta engoliu tristeza e a raiva queimou em seu estômago.

Amuou o restante do dia.

03 de setembro de 2022

Levantou como mais um comum. Certamente a continuação de ontem.

Ainda sonolento, Sandro se remexia na cama. O relógio marcava pontualmente seis e vinte da manhã. Virou para o lado esquerdo, onde estava seu celular, e o conectou a "Leblon", o Wi-fi da casa.

No entanto, não saiu do quarto. O primeiro pensamento foi *Porra, no horário das crianças irem para a escola!*

DRUUUUUUUUUUUUUUUUUUUUUUUUUUUUMMMMMMMMMMMMMMM

DRUMMMMMMMMMMMMMMMMMMMMMMMMMMMMMMMMM

DRUUUUUUUUUUUUUUUUUUUUUUUUUUUUUUUUUUUUUUUUUUUM

Sandro teve o sono interrompido breve(mente). Mentalmente, reconheceu o medo e soube da inspiração, ainda sonhava e em sua realidade os sonhos alteravam a ordem vigente. Brevemente. A localidade o trouxe à centralidade do lugar.

Agora os tiros e o rasante do falcão eram no Morro do Dezoito, uma localidade atrás de sua casa. Ligou o notebook ainda na cama e sentou na frente da tela. Estava pronto para finalizar o artigo, partindo do seguinte questionamento: *Como produzir intelectualmente num cenário de emergências?*

Mente e corpo alertas, ansiando. *Família. Intelectuais. Artigos. Violência. Merda, um esgoto de merda. Queria escrever, afinal não estava escrevendo?*

Academia. Barulho. Merda, pra onde vai toda merda do mundo? 88 tiros. Ruídos. 111 tiros. Arte! Cultura responde? Resistência. Projetos. Extermínio. Complexos de contenção. 1 a cada 23 minutos. Glória. Carnaval. Roubo colonial. Camburão. Navio negreiro. Combustão. Fluxos rápidos e pés batendo sucessivamente. O som já não lhe dava susto, fato dado. Traço cotidiano de um trato. Sentiu arrepio. Deslocamento. Pela garganta, engoliu tristeza e a raiva queimou o estômago. Encontrava-se acordado. Longe da "Zona Sul" e dentro de dias repetidos que chegam a perder o sentido, a numeração, pois sempre o alcança a próxima resistência e violências.

Não estava maçado, relembrou a música "Ninguém notou", do sambista Jorge Aragão, onde cantarola que "toda paz é um faz de conta". Ponto de partida fundamental era problematizar quem eram os sábios em seu país. Lembrou de uma crítica escrita por Lima Barreto, na qual argumentava: "É sábio, na Bruzundanga, aquele que cita mais autores estrangeiros; e por quanto mais de país desconhecido, mais sábio é [...] Sábio é aquele que escreve livros com as opiniões dos outros."

Seguindo a lógica de refletir sobre o deslocamento de uma suposta elite intelectualizada, a conclusão seguiu como....

Retomar estes e outros exemplos, como Maria Firmina dos Reis, Djamila Ribeiro, Lázaro Ramos, Taís Araújo, Ludmilla, Leci Brandão, Sant, Milton Nascimento, Machado de Assis, Lima Barreto, Carolina Maria de Jesus, Mano Brown, Aninha Catão, Mercedes Batista, Glória Maria, Conceição Evaristo, Marielle Franco, Antonieta de Barros, Cidinha da Silva, Zezé Motta, Nei Lopes, Clementina de Jesus, D. Ivone Lara, tia Surica, Cartola, Tia Ciata... Nos faz descentralizar os heróis nacionais, a construção memorialística, evidenciando as complexidades e nuances da história de resistência, luta e sobrevivência de grupos historicamente marginalizados no Brasil. Repensar estes personagens que construíram e impactaram significativamente as bases estruturais do Brasil como intelectuais em seus espaços localizados social, política e racialmente, descentraliza o poder atrelado à história oficial.

Sim, cumpriu com parte obrigatória do conteúdo e finalizou o artigo. Agora todo aquele contexto e realidade precisavam ser situadas e bem localizadas/expostas não para gerar justificativas e penas de culpa, mas para lembrar e fazer atentarem os intelectuais acadêmicos que vivem "longe" dessas realidades. Da sobrevivência e existência de intelectuais negros, mulheres, pobres, LGBTQIA+ que produzem material sócio-cultural-intelectual em meio às emergências/urgências. *Como?* – era a pergunta.

Afirmava para si que a escrita e a pesquisa sobre a força e a magnitude de indivíduos que, mesmo sob constante hostilidade, não se submeteram a violências, era um caminho viável. E destacar a população não branca junto com os povos originários no planejamento e estruturação de espaços de vivência, restituindo suas dignidades humanas, como foram e são os quilombos e aldeamentos, os trazem à centralidade do processo de formação deste país.

Assumir esta imbricação, em primeiro lugar, traz outras narrativas para a construção histórica brasileira, como pretendem Ynaê Lopes, Joel Rufino, Silvio Almeida, Amauri Mendes, Joselina Silva, Flávia Oliveira, Álvaro Pereira do Nascimento, Sueli Carneiro, Amanda Souza, Dayana Ferreira, Matheus Rodrigues, Regina Ribeiro, Clóvis Moura, Beatriz Nascimento, Laura Motta, Lélia Gonzalez... Em segundo lugar, desloca a "elite" do seu lugar de glória fincada, meramente impositiva, mostrando como sempre houve, além da óbvia subjugação e uma relação de poder estrutural desigual, sujeitos historicamente localizados em suas temporalidades transitantes entre espaços sócio-político--raciais-econômicos, de gênero que, se não desestabilizaram o *status quo*, ao menos lhe causam medo.

Ademais, Sandro só tinha o restante do dia, os próximos, e uns vinte e sete anos entre pernas e costas. *Pelo menos não estou nas estatísticas.* Foi o que o consolou. Em suas reflexões, responder e questionar essas urgências não estava apenas no dever da militância, nem na mera ilusão da neutralidade para obtenção da objetividade científica, tanto almejada pela intelectualidade. Pelo contrário, deveria ser a prioridade ética de todo cientista social, intelectual – ou não – que minimamente confronta o estabelecimento do pacto social genocida em curso.

Porém, no Bruzundanga de 2022, a educação ainda é um mecanismo de estrutura, perpetuação e manutenção do *status quo* de uma classe elitizada e, supostamente, intelectualizada. O que sustentava Sandro, em seu projeto de intelectualidade, era o interesse e comprometimento da construção de uma educação decolonial, advinda de indivíduos subalternizados que, conscientemente, buscam emancipação. Até ali, pelo contrário, o que acontecia com maior frequência era a continuidade da reprodução da mesma lógica meritocrática, racista, sexista, entre outras formas de hierarquizações e repressões, por parte das instituições e grupos acadêmicos.

Isso tudo deixava Sandro meio puto, meio triste e mais, cada vez mais, encorajado.

SYLVIA ARCURI

Sou Sylvia Helena de Carvalho Arcuri, uma mulher comum, suburbana e umbandista. Apaixonada pelas palavras, pelos livros, pelas artes e pela vida.

Filha, mãe, irmã, tia, avó, professora, costureira de retalhos, sempre aprendendo a ser escritora. A Flup é esse lugar, não só o de formação, da publicação, mas o de afetos singulares e constantes.

Prontuários em choque

Inspirado no romance Cemitério dos vivos

Orientação: Rôssi Alves

> *"Quanto mais incompreensível é ela, mais admirado é o escritor que a escreve, por todos que não lhe entenderam o escrito."*
>
> Os Bruzundangas, Lima Barreto

I

Não sei muito bem o que aconteceu. Abri os olhos dentro de um evento, parecia a apresentação de um coral, um grupo musical, um colégio público e uma amiga como companhia. Chegou uma van repleta de cantores e instrumentistas. Imagino que para o evento. Junto com eles, um homem carregado de pastas e um livro pequeno. Um ser diferente, cabelos compridos e grisalhos. Semblante calmo, meia-idade, charmoso. Usava calça vermelha larga surrada e uma camiseta branca básica. Com um caminhar seguro, vinha em nossa direção. Parou ao nosso lado, se dirigiu a mim e fez a seguinte pergunta:

– Você é Stela de Carvalho?

Achei interessante dizer o meu nome de solteira, pois fazia tempo que levava Goulart como sobrenome. Meio pensativa, respondi:

– Sim, sou eu.

– Que bom que te encontrei.

– E por quê?

Recebi a pasta que me estendeu, tipo catálogo, preta. Pesava. Não um peso comum, como quilogramas. Era outro tipo de peso, de vida, de sentimentos, de sonhos não realizados.

– O que é? – perguntei.

– São fichas de doentes psiquiátricos que passaram pelo hospital.

– Que hospital?

– O Hospital Psiquiátrico da Colônia Curupaiti. Você já esteve lá.

Ele dizia essa frase com muito carinho e amor no olhar, mas também tentando receber algo que não conseguia identificar em troca. Talvez alguma espécie de desculpa, perdão.

– Sim, estive, mas não como paciente.

– Eu sei.

– Como você sabe?

– Queria que você lesse alguns prontuários e visse se em algum deles pode reconhecer...

– O meu tio?

– Sim, o seu tio.

– Mas nos prontuários devem constar os nomes, não?

– Não, veja.

Passava, com muita calma e delicadeza as páginas da pasta-catálogo, cada uma com uma ficha, como um prontuário de hospital. No cabeçalho de cada uma delas havia o timbre da instituição, um número no alto à direita e logo abaixo um espaço em branco, sem nada escrito, como se tivesse sido apagado, e realmente fora.

– Viu? Não tem os nomes e nem as idades, só o sexo e o parecer dos médicos sobre a enfermidade, com as indicações e doses das medicações. Gostaria que visse cada uma com calma para ver se reconhece alguma dessas como sendo a do seu tio.

– Você está pesquisando para quê? É alguma tese de doutorado?

Ele sorriu, um sorriso como jamais havia visto, que me fez lembrar do conto “Dentes negros, cabelos azuis”. Pensei comigo mesma: “que homem estranho, intrigante e interessante. Por que essa busca?”

– Não, não faço nenhum doutorado, é apenas uma pesquisa pessoal, gostaria de saber quem foram essas pessoas, nada demais. Como tive acesso a esses documentos depois que mudou o modo de atendimento da Colônia...

Folheei a pasta-catálogo, li alguns prontuários e questionei:

– Como posso afirmar que um desses seria meu tio? As características de alguns aqui são muito parecidas, esquizofrenia como diagnóstico. A maioria das fichas são de homens, mais ou menos da mesma faixa etária, negros, pouca ou nenhuma escolaridade, abandonados pelos familiares, alcoólicos, todos vivem um futuro perturbado de um passado – tipo uma distopia mental e emocional – e faz tanto tempo que essas internações aconteceram... A diferença mais gritante é a prescrição médica, diferentes injeções ou remédios antipsicóticos para uns, eletrochoques para outros. Não há um padrão predefinido, mas mesmo assim não consigo...

– Verdade, pode ser qualquer uma dessas...

Parei em uma delas, a que parecia que tinha mais afinidade com o meu tio, características pessoais. Ele tinha olhos verdes, um verde intenso que muitas vezes nos doía. Para passar o tempo, gostava de compor sambas, jogar cartas e fazer objetos em madeira. A profissão, ajustador mecânico. As características da doença mental, esquizofrenia, a prescrição médica, muitos comprimidos e sessões de choque. Mas não quis afirmar que era ele, embora eu soubesse que se tratava do meu tio Zé. Afinal, o que adiantaria isso tudo agora? Já faz 35 anos que ele não está mais conosco. Virei a página e na ficha seguinte já tinha um nome escrito a lápis: “Clara dos Anjos”, o que confirmava a internação de mulheres.

– Não, eu não reconheço nenhum desses ou dessas como meu tio.

– Você já leu esse livro?

Recebi o livro de suas mãos, muito delicadas e delgadas. Olhei a capa que, a princípio, não me dizia nada, uma capa comum, mas com o nome do autor em destaque: Lima Barreto.

– Um baita autor e um título que já conheço de perto: *Diário do hospício.*

– É, conhecemos.

Ainda com o livro nas mãos, percebi que havia várias partes marcadas com envelopes brancos com papéis dentro. Fiz o movimento de pegar um deles, mas ele o tomou com muito cuidado e disse:

– Desculpa, mas não queria que você visse o que tem dentro dos envelopes. Tudo bem?

– Sim, afinal, são coisas suas.

Quando ele fez o movimento de colocar o livro no colo, caiu um monte de papéis, colados uns nos outros. A borda superior de um colada na borda inferior de outro. Peguei a colagem do chão e quando a levantei para devolvê-la, reconheci minha letra em um dos papéis.

– Mas essa letra é minha.

– Qual? Essa?

– O que são esses papéis?

– São os relatórios dos familiares quando eram convocados para algumas sessões junto com os pacientes. Você foi a alguma?

– Sim, fui um par de vezes. Eles me convocavam a pedido dele ou porque estava muito rebelde, inseguro e pedia minha presença, pois já não aguentava mais ficar ali, aqueles médicos eram "choqueiros", me dizia.

– Choqueiros? – perguntou com ar de curiosidade.

- Sim, os médicos que prescreviam choques como terapia. Eles indicavam várias sessões e ele não gostava nem um pouco. Como haveria de gostar, não é mesmo? Fui assinar um termo de responsabilidade suspendendo o tratamento. Como você chegou até aqui? Posso ver esse relatório?

– Lógico. Pela ficha de entrada de cada paciente na instituição, fui até o endereço que constava. Sua mãe me atendeu, mas quando soube o que eu queria, só fez chorar e me disse que não podia ajudar, mas se eu quisesse... Tentasse falar com você, e me indicou lugares onde provavelmente poderia encontrá-la, sua casa, a universidade, os colégios...

Peguei a colagem e vi ali, em uma das folhas, o início de um relatório escrito por mim, com caneta Futura azul. Mas só apareciam as primeiras linhas, as outras estavam cobertas com um papel preto, desses que usam para fazer pipa; com o papel colado não dava para ver o que estava por baixo. Parecia que estava assim há muito tempo.

– Lembro tanto desse dia, levei as rosquinhas doces que mamãe fazia e que ele gostava. Ele era o irmão da minha mãe. Era como se fosse meu irmão mais velho, já que tinha ido morar conosco desde que meus pais se casaram...

– E ele como está? Queria conhecê-lo.

– Já não está mais por aqui, vive em outra dimensão.

– A doença piorou?

– Piorou tanto que foi assassinado.

– Obrigado – disse ele. Deu as costas e foi embora como se nunca tivesse estado ali.

II

Estava apressado, cansado e já pensando no que ia fazer dali a duas horas. Colocou suas coisas em cima da mesinha: os chicletes, as canetas, a carteira, as chaves e uma pasta transparente com receituários. Depois retirou o pente da Glock e as guardou dentro da gaveta. Aquelas vozes o deixavam com medo de tudo e de todos que nem conhecia. Ao lado da porta, tirou os sapatos e despencou no sofá cheio de pelos; os gatos insistem em dormir ali quando ele não está. Verificou as sete mensagens da secretária eletrônica – sim, ele é desses que ainda tem esse tipo de aparelho em casa. Nem percebeu que acompanho a dança de todos os seus passos pela casa. Os recados deixados eram das empresas de telefonia, da TV a cabo e dos cartões de crédito oferecendo serviços, nada novo. Com muita preguiça, levantou-se, um peso caía sobre suas costas, mas não podia deixar de ir, todos o esperavam e cobravam sua presença.

Cada peça de roupa era deitada sobre o piso com muita lentidão e sacrifício. Hoje, trazia nos seus arquivos e junto ao seu corpo as marcas e as histórias das nossas vozes e eu espreitava a cena e sentia um misto de pesar e confiança. Como podia carregar tantos arquivos, ficar impregnado de tantos corpos e ainda ter que apresentar um desfecho satisfatório para os episódios que envolvia cada uma de nós?

Como vou fazer para que ele me ouça? Preciso chegar bem perto, com certeza, ele vai sentir a minha presença, mas tenho que fazê-lo de uma maneira que ele ache natural. Vou ter que entrar na sua sintonia, um processo superdifícil para mim, faz algum tempo que tento me comunicar com ele e todas as tentativas têm sido em vão. Talvez um dos outros prontuários consiga me ajudar para que não erre dessa vez. Vou esperar que entre no banho. A água quente desperta os sentidos, relaxa e a fumaça que envolve o ambiente possibilita a tentativa de comunicação. Mas não... Impossível... Não sei como fazê-lo...

A água quente corria pelo seu corpo, esquecera de tirar as meias, decidiu ficar com elas. Além de não ter mais forças, elas produziam uma sensação de conforto, acarinhavam seu corpo tenso, precisava de afago, de consolo, da cumplicidade que só algumas peças de roupa podem oferecer, pois as fotos dos nossos corpos encamisados com força ou amarrados nas camas frias de metal não conseguiam falar com ele, ficaram apertadas, só provocaram desconforto e nenhuma palavra, nenhum indício, nada. Teria que começar do zero, vesti-las uma vez mais para poder sentir e ter as respostas que completariam toda a trama que surgia na sua cabeça.

Demorou a calçar o sapatênis, as meias molhadas impediam que fosse mais rápido, a excentricidade seria essa. Na verdade, não sabia o que vestir, colocou o de sempre, uma calça vermelha larga surrada e uma camiseta branca básica, o ouvia claramente:

– Não, não quero ir, minha vontade é de ficar. Saber mais sobre eles, seus interesses, suas paixões. Qual seriam as comidas preferidas? Gostavam de ler? Acho que não, pela pouca quantidade de livros que tinha no sanatório, não tinham esse hábito.

O espelho trincado do guarda-roupa desvendava sua silhueta triste, apagada, desmotivada, sem nenhuma vontade de encontros. O problema é que teria que ser simpático, era querido pelos familiares, não entendia muito essa adoração, pois não fazia nenhum esforço para que gostassem dele, só receitava, cada uma daquelas fichas era um número. As visões das sessões de choque não saíam de sua cabeça.

Decidiu que não iria, depois se desculparia, afinal sempre haveria um álibi para as suas ausências, um psiquiatra tem sempre um quando não quer fazer algo. Sem hesitação, se jogou no sofá, abriu o seu computador e começou a examinar o arquivo de fotos daquele lugar que já não os abrigava. Talvez não houvesse indícios naquelas fotos, mas queria saber mais, ficou perturbado. Entre uma foto e outra e diante de muitas anotações, desligou-se do mundo. O lápis começou a correr sobre o papel, era como se sua mão estivesse sendo levada por outra.

– É isso, é assim que vai ser a via de comunicação, escreverei através dele tudo o que queremos que ele faça, mas seria mais real se fôssemos todos ao mesmo tempo o deixando atordoado e com mais vontade de se desculpar.

A calça jeans o incomodava, retirou-a, se acomodou melhor no sofá e começou a escrever...

As ruas da cidade já não me reconhecem, pois sou a metáfora eloquente de mim mesmo. Sândalo, almíscar insistem em trazer cada esquina do passado, adormecido no canto longínquo da essência da possibilidade de ser, está na hora de despertar. Cada passo, dado ou não, encolhe a existência, mas a estrutura perdura incólume, presente quase como ruína. Muitas vezes eu sou aquele pintinho que nasceu quadrado, que deve dar conta da vida, mas a própria vida não me reconhece, ela é metáfora de si mesma, repleta de eufemismos, hipérboles e sinestesias que ora estão pregadas nas caras dos solitários, nos corpos dos amantes, nas almas dos que têm fome, ora nas paisagens residuais da cidade. A fome e a loucura também são metáforas de si mesmas, vivem do clamor incontrolável de seres como eu, que se confortam com as meias molhadas que agasalham os pés, não de vida.

Nas prateleiras mentais, estão enfileirados poemas, tragédias, romances, Cruz e Souza, Lima Barreto, Solano Trindade, Sousândrade, Stela do Patrocínio e todos os pseudo-enfermos das colônias da loucura, todos metáforas de si mesmos. Suspenso o tempo, a coluna lateja, incomoda, dói e as drogas também já não o reconhecem, mas uma vida deixa o mundo para ritualizar o canto e o maço de cigarros, a brincadeira, a lucidez, a não discórdia que também se apresenta como metáfora de si mesma.

Deparar-se com as paisagens residuais que ornamentam o interior daqueles que perderam o sonho, a capacidade de doação e coletividade é duro, incompreensível, muitas vezes. Na foto, faltava o dedinho em riste grudado na fonte do menino que se rebela, pois ele ainda não sabe, mas é a metáfora de si mesmo. O manicômio é a metáfora de si mesmo, jogado ao chão e nem mesmo as ruas o reconhecem, perdido está, solto está; perdidos e soltos estamos todos diante de tanta crueldade vestida de metáfora de si mesma.

Por isso, decidimos que vamos ajudá-lo a procurar os mistérios que envolvem cada um dos casos que (des)cuidou e que, de algum modo, torturou. Já montamos o grupo, vestimos o manto de Arthur Bispo do Rosário como escudo, os outros pediram que eu fosse o intermediário, vou tentar. A precisão será minha aliada, pois não posso perder tempo.

III

Agarrou todos os papéis que estavam em cima de sua mesa de trabalho, organizou-os em uma pasta-catálogo preta, mas antes, leu atentamente cada prontuário, revisou o parecer e o medicamento receitado. A pasta ficou bem pesada com todas aquelas loucuras que levava dentro. Resolveu ir atrás de cada um, conversar, saber o que acontecera com aquelas vidas que foram interrompidas por um longo e tenebroso tempo dentro daquele hospício. Saiu pela cidade decidido, em busca de todos os endereços e pensava:

"Será que conseguirei? As chances são mínimas, muitos devem estar mortos, mas tenho que tentar."

Já não aguentava mais a presença de tantos fantasmas a atormentá-lo. Era refém da sua própria consciência e alma. Ia atrás de todos, mesmo que levasse várias vidas, mas havia um paciente específico que lhe interessava e lembrava muito bem de sua sobrinha, uma jovem que nunca deixou de visitá-lo, fazia com constância e dedicação; o amor entre eles ultrapassava qualquer relação familiar, parecia que se conheciam desde outras existências. Ela o admirava tanto que a doença dele era apenas um detalhe na vida dos dois.

Peregrinou alguns dias, encontrou alguns deles vivos, outros já não estavam mais presentes, pois viviam imersos em suas lembranças difusas, embaralhadas, atordoadas, mas a maioria morrera. Nutria uma esperança de encontrar aquele paciente e sua sobrinha, uma necessidade de perdão urgia.

Mesmo com toda ansiedade, atravessou a cidade, chegou até o endereço que constava na ficha de entrada do hospital, Rua Major Mascarenhas, 42 no bairro de Todos os Santos. Tocou o interfone.

– Quem é? – perguntou uma voz do outro lado.

– A senhora não me conhece, estou atrás de uns antigos pacientes do Hospital Psiquiátrico da Colônia Curupaiti e aqui consta que um deles mora nesse endereço.

– Como assim? Isso faz tanto tempo...

– Posso entrar para conversar melhor com a senhora?

– Pode – Apertou o botão que permitia a entrada daquele desconhecido.

A senhora o esperava na soleira da porta com um ar entre desconfiada e surpresa.

– Oi, sou dr. Efrain Baiense, muito prazer.

Estendeu a mão já não muito jovial, mas ainda delicada.

– Muito prazer, entre, por favor. Sou Helenice. Que o senhor deseja?

Devolveu o aperto de mão. Suavidade havia naquelas mãos distanciadas pelos bairros e pelas idades.

– Estou procurando saber de alguns pacientes e gostaria que a senhora visse alguns prontuários para ver se reconheceria algum deles como sendo um parente seu.

– Meu irmão, José de Carvalho. Você não vai ficar chateado comigo, não, meu filho, mas não quero ver nada, é muito doído ver coisas que mexem com o passado. Mas se você quiser mesmo identificar quem é que está no pron....

– Prontuário.

– Isso, pode falar com minha filha, ela esteve mais presente, junto a ele, quando esteve internado.

– Onde posso encontrá-la?

– Hoje ela está em um evento em uma escola, um pouco longe, mas se quiser ir até lá. Sei o nome do colégio e você pode procurar, fica em Pedra de Guaratiba.

– Nossa! Longe, nunca fui até lá, mas gostaria mesmo de continuar a minha busca.

– Qual o nome do colégio?

Ela lhe passou um papel pequeno com o nome do colégio público. Achou inusitado um colégio ter aquele nome, Policarpo Quaresma...

– Como é mesmo nome da sua filha? Queria ter certeza que seria ela mesma.

– Stela de Carvalho Goulart.

Ia perguntar pelo irmão, mas não teve coragem. Agradeceu, colocou o papel dentro do bolso e se dirigiu até Pedra de Guaratiba. Durante o percurso, lembrou que havia esse nome em alguns dos papéis que tinha recolhido junto com os prontuários. Só poderia ser a mesma pessoa. Caminho longo, pensamentos vagueiam. Parecia que tinha uma dívida com cada paciente e a necessidade de vê-los era grande. Queria explicar uma série de procedimentos tomados enquanto eles estiveram internados. Já não existem internações e nem aquelas prescrições, principalmente os choques, as lobotomias. Hoje, os pacientes moram em lugares chamados residências terapêuticas espalhadas por toda cidade ou passam o dia nos CAPS – Centro de Atenção Psicossocial.

Entendia que era refém da sua própria profissão, mas não conseguia perceber qual o motivo o levara a receitar tantas sessões de choque, poderia ter encarado a direção do hospital e ter dito que não o faria, mas era demasiado fraco para o embate. Respeitava e seguia sempre a decisão dos superiores.

Arrependimento era pouco, ele queria o perdão para sair da escuridão que estava naquele momento, para que todos aqueles fantasmas e vozes o deixassem em paz.

Depois de um longo trajeto, chegou ao seu destino. Na praça central do bairro, perguntou em um ponto de mototáxi onde ficava o tal colégio. Teve sorte, pois ficava exatamente no final daquela rua. Estacionou o carro ao lado de uma van que chegava cheia de músicos, artistas, atores, para o evento que aconteceria ali. Perguntou a um deles:

– Onde será a apresentação de vocês?

– Na quadra da escola. E já estamos meio atrasados.

– Boa sorte e obrigado.

– Valeu – respondeu de volta o menino que carregava um atabaque.

Colocou para fora toda confiança que tinha e andou, com passos largos, até a quadra que ficava nos fundos da escola, em um terreno mais abaixo; tinha que descer uma rampa. Sol, sede, mas tinha pressa. De longe não conseguia identificar bem quem estava no local, quase cheio, mas quando chegou bem embaixo, viu no canto direito, sentada nas arquibancadas e ao lado de outra mulher, aquela que tanto buscava. Parece que, na verdade, ele precisava mais do perdão dela do que de José. Mesmo tendo passado tantos anos, não esquecera sua fisionomia, o carinho beirando a admiração e o amor que sentia por ela. Respirou profundamente, pensando em cada passo dado; a pasta pesava e os sussurros dos prontuários eram ensurdecedores. Aproximou-se das duas, dirigiu-se a uma delas e perguntou, mesmo sabendo quem era:

– Você é Stela de Carvalho?

– Sim, sou eu.

Não conseguiu muita coisa. Guardou seu arrependimento, sua paixão e sua loucura junto com todos os prontuários, relatórios e o pequeno livro. A pasta gritava muito mais alto. Deu as costas, foi embora como se nunca tivesse estado ali, mas o pente da automática dormia na gaveta da mesinha, quem sabe, à sua espera.

Posfácio

LIMA BARRETO E DESAPAGAMENTOS

NegroMuro é um projeto que ergue monumentos da memória negra em forma de pinturas em muros públicos. A reprodução em homenagem a Lima Barreto, que vemos na capa desta edição, foi realizada em dezembro de 2021, na Rua Major Mascarenhas, 20, no subúrbio de Todos os Santos, e apagada meses depois, restando apenas uma pequena imagem.

A Flup da homenagem ao centenário de morte de Lima Barreto, em parceria com o NegroMuro, buscou trazer de volta, de alguma maneira, essa arte urbana e política de construção de uma memória social que enaltece lutas, conquistas e referências de pretas e pretos na cultura brasileira.

A primeira cena reproduz uma das duas casas em que Afonso Soares de Lima Barreto morou naquela rua. Ele mesmo a chamava de "Vila Quilombo", lar que abrigou um precioso acervo de mais de 800 livros. Como uma trágica coincidência, foi em primeiro de novembro de 1922, dia de Todos os Santos, que daquele lugar marchou o cortejo fúnebre de Lima.

"Manuel de Oliveira" é o título da crônica sobre o velho negro angolano orgulhoso de sua origem africana a quem Lima amava como um avô.

Depois de enterrá-lo, escreveu:

"Muitos outros fatos se passaram entre nós dessa natureza, e, agora, que o desalento me invade, não posso relembrar essa figura original de negro, sem considerar que o que faz o encanto da vida, mais o que qualquer outra coisa, é a candura dos simples e a resignação dos humildes..."

Na crônica "Um domingo de páscoa", de 1919, o autor menciona 'Guerra dos Mundos' de HG Wells, comparando a alienação e despreocupação de brincantes e errantes na rua durante uma invasão alienígena com a ingenuidade e inocência das crianças ao brincar de ciranda na ladeira onde morava durante a noite estrelada de um domingo de páscoa.

Lima Barreto, que tentou duas vezes entrar na ABL, aparece agora com o fardão de imortal.

E assim ele conclui sua sátira "Graças a Deus" (*Revista Careta*, em 17/09/1921):

"Solto um — uf! — de alívio pois não posso crer que em 2022, eu esteja vivo. O que os olhos não veem... graças a Deus!"

Pois bem, amado mestre Lima Barreto, ledo engano seu!

2022 chegou e você está mais vivo do que nunca!

ARTE MURAL CAPA: Projeto NegroMuro

ARTE: Cazé

PESQUISA: Pedro Rajão

Formato: 16 x 23cm
Tipologia: Minion Pro 11/16.2
Papel: Pólen Soft 80 g/m² (miolo)/Cartão Supremo 250 g/m² (capa)
Número de páginas: 192

O papel utilizado na confecção deste livro é produto de árvores originárias de manejo florestal certificado.